訳ありイケメンと同居中です!!
推し活女子、俺様王子を拾う

東 里胡／著
八神千歳／イラスト

JN132884

★小学館ジュニア文庫★

Characters
人《じん》物《ぶつ》紹《しょう》介《かい》

香《こう》田《だ》梨《り》帆《ほ》

花音《かのん》の大切《たいせつ》な親友《しんゆう》で推《お》し活仲《かつなか》間《ま》。忙《いそが》しい母《はは》を手伝《てつだ》い、双子《ふたご》の妹《いもうと》たちを世話《せわ》をする面倒見《めんどうみ》の良《よ》いお姉《ねえ》ちゃん。

ニャ太《た》郎《ろう》

花音《かのん》の愛猫《あいびょう》。フィ太《た》郎《ろう》の時《とき》は目《め》が赤《あか》くなるが、本来《ほんらい》は黒《くろ》い毛《け》並《な》みに緑《みどり》の目《め》でマグロ大好《だいす》き。フィリップのせいで最近《さいきん》よく意《い》識《しき》をなくすのが悩《なや》み。

桜《さくら》井《い》花《か》音《のん》

イケメンアイドルのジュノくん推《お》し活《かつ》に忙《いそが》しい中学一年生《ちゅうがくいちねんせい》、父《ちち》と二人《ふたり》暮《く》らしで料理《りょうり》が得意《とくい》。ひょんなことから王子《おうじ》の世話《せわ》を焼《や》いていることは誰《だれ》にもナイショ。

ルカ王子《おうじ》

ワガママな性格《せいかく》のため魔《ま》女《じょ》の怒《いか》りに触《ふ》れて魔法《まほう》の国《くに》を追放《ついほう》された王子《おうじ》様《さま》。ジュノくんそっくり。普段《ふだん》はフィギュアサイズで花音《かのん》の部屋《へや》にあるドールハウスに住《す》んでいる。

呪《のろ》いで
こんな姿《すがた》に…！

フィリップ

ルカ王子《おうじ》の執事兼《しつじけん》、教育係《きょういくがかり》。意識《いしき》だけ王子《おうじ》の側《そば》に飛《と》ばされた。花音《かのん》の愛猫《あいびょう》ニャ太郎《たろう》の中《なか》に入《はい》り込《こ》み、『フィ太郎《たろう》』としてつかえている。

Contents
目次

1 舞《ま》い降《お》りた王子様《おうじさま》

「見《み》て、見《み》て、花音《かのん》! サトルンのキス顔《がお》フィギュア、ゲットしちゃった~!!」

な、なんですと!?

めずらしく遅刻《ちこく》してきた親友《しんゆう》の香田梨帆《こうだりほ》の手《て》には、確《たし》かにサトルンの限定《げんてい》フィギュアが握《にぎ》られている。

王子様調《おうじさまちょう》のスーツ、赤《あか》い髪《かみ》、眠《ねむ》るように目《め》をつぶっている今日発売《きょうはつばい》の限定《げんてい》カプセルトイだ。

本当《ほんとう》は『寝顔《ねがお》フィギュア』だけど、わたしたちファンの間《あいだ》では『キス顔《がお》フィギュア』として話題《わだい》になっているもの。

「リホ、これどこで手《て》に入《い》れたの!?」

「駅《えき》ビルの雑貨屋《ざっかや》さんの横《よこ》！　カプセルトイが、いっぱいあるとこわかる？」

「わかる、つうか、昨日《きのう》まではなかった。フラゲできないかなって回《まわ》ったとこだもん！」

「でっしょ～！　でも発売日《はつばいび》は今日《きょう》じゃん？　もしかしたら？って、あたし朝《あさ》から並《なら》んでさあ。そしたらあったし！　一回《いっかい》でサトルン出《で》ちゃったし！　ふるえた！」

このフィギュアは、大人気《だいにんき》の五人組《ごにんぐみ》アイドルグループ『騎士《ナイト》』の一人《ひとり》でリホの推《お》し、サトルンだ。

赤《あか》い髪《かみ》が特徴《とくちょう》でウィンクが得意《とくい》なサトルン、他《ほか》のメンバーも全員《ぜんいん》イケメン。

金髪《きんぱつ》のトワくんは女《おんな》の子《こ》みたいにキレイで色《いろ》っぽい。

青《あお》い髪《かみ》のレンは知的《ちてき》で大人《おとな》っぽくて、ピンクの髪《かみ》をしたマオはムードメーカーで、わたしたちファンのことを『おれのかわいいナイターちゃん』と呼《よ》ぶ。

わたしの推《お》し、ジュノくんは、騎士《ナイト》のセンターだ。

黒髪《くろかみ》のジュノくんは笑顔天使《えがおてんし》。

大《おお》きな口《くち》で笑《わら》うジュノくんを見《み》ているだけで、元気《げんき》になれるんだ。

そんなジュノくんは騎士《ナイト》の一番人気《いちばんにんき》。推《お》しナイターはたくさんいて、わたしもその大勢《おおぜい》のうちの一人《ひとり》だ。

「まだ、あるかな？　わたしのジュノくん」

「どうだろ？　あたしの後《うし》ろにも並《なら》んでた子《こ》がいたし……。ごめんね、一応朝《いちおうあさ》にカノンには連絡入《れんらくい》れたんだよ？　でも、スマホ見《み》てなかったでしょ？」

「今日《きょう》、家《いえ》に忘《わす》れてきちゃったんだよ……」

「最悪《さいあく》～！」

「ううう、ちょっと行《い》ってくるわ、わたし！　先生《せんせい》にはお腹痛《なかいた》くて早退《そうたい》したって、伝《つた》え、うわっ!!」

　カバンを持《も》ち、走《はし》り出《だ》そうとしたわたしの目《め》の前《まえ》に立《た》ちはだかったのは……、

「桜井花音《さくらいかのん》！　どこに行《い》く気《き》だ？」

一年A組《いちねんエーぐみ》われらが担任《たんにん》の阿部先生《あべせんせい》が、ジャージ姿《すがた》でわたしとリホを交互《こうご》に見《み》ていた。

担当教科《たんとうきょうか》が体育《たいいく》で、生徒《せいと》の素行《そこう》には学校《がっこう》で一番《いちばん》きびしいオジサン先生《せんせい》。

　これはもう大《だい》ピンチである。つうか、終《お》わった……。

「香田梨帆《こうだりほ》、今《いま》かくしたものを出《だ》しなさい。それと、スマホもな」

……最悪《さいあく》すぎる、全部《ぜんぶ》聞《き》かれていたんだ。

リホは泣《な》きそうな顔《かお》をして、サトルンフィギュアとスマホを先生《せんせい》に渡《わた》す。

「遅刻《ちこく》の理由《りゆう》が、フィギュアを買《か》いに行《い》ってたからだとは！　今日《きょう》の体育《たいいく》、桜井《さくらい》と香田《こうだ》は先週《せんしゅう》のマラソン大会《たいかい》のタイムの測《はか》り直《なお》しだ‼」

「う、うそ？」

「うそじゃない！　二人《ふたり》ともだいぶ手抜《てぬ》きしていただろ！　そろって学年最下位《がくねんさいかい》なんてありえないぞ！　おまえたちの小学生時代《しょうがくせいじだい》の成績《せいせき》知《し》ってるんだからな？　今日《きょう》は、きっちりタイム測《はか》るから手抜《てぬ》きはするな」

ギクリとしてリホと顔《かお》を見合《みあ》わせた。

面倒《めんどう》だね、と確《たし》かに手《て》を抜《ぬ》いて走《はし》っていたのを阿部先生《あべせんせい》に見抜《みぬ》かれていたとは。

ガクンとうなだれたわたしたち、いや、リホに最後《さいご》のダメ出《だ》し。

「スマホは放課後《ほうかご》まで預《あず》かる。大体《だいたい》、届《とど》け出《で》なしで学校《がっこう》にスマホを持《も》ってくるのは禁止《きんし》だぞ？　香田《こうだ》も桜井《さくらい》と同《おな》じように届《とど》けを出《だ》すこと。それと、このフィギュアは、一年生《いちねんせい》の終《お》わりまで没収《ぼっしゅう》だ、いいな？」

「は～い……」

一年生《いちねんせい》の終《お》わりとは、つまり来年《らいねん》の三月《さんがつ》まで。……あと半年《はんとし》もあるじゃない!!

チラリと見《み》たリホは気《き》の毒《どく》なくらい、死《し》んだ魚《さかな》のような目《め》をしていた。


「しんどい」

「うん、めっちゃしんどい」

五《ご》、六時間目《ろくじかんめ》の体育《たいいく》、皆《みんな》が走《はし》り幅跳《はばと》びをしているフィールドの周《まわ》りを、リホと二人《ふたり》でなんとか十周走《じっしゅうはし》り切《き》る。

体《からだ》も疲《つか》れているし、心《こころ》が痛《いた》い、辛《つら》い。

放課後《ほうかご》、職員室《しょくいんしつ》でリホのスマホを受《う》け取《と》る時《とき》に、また阿部先生《あべせんせい》に十分《じっぷん》ほどお説教《せっきょう》された。

ようやく終《お》わった瞬間《しゅんかん》、今度《こんど》は駅《えき》ビルへと全速力《ぜんそくりょく》で走《はし》る。

そんなわたしたちを待《ま》っていたのは、『うりきれ』という赤《あか》いシールが貼《は》られた、寝顔《ねがお》の騎士《ナイト》カプセルトイ筐体《きょうたい》。

がっくりと肩《かた》を落《お》として、その後《あと》も町中《まちじゅう》のカプセルトイを見回《みまわ》ったけれど、どこにもなかった。

「じゃあね、カノン。あたし、今日《きょう》はママに代《かわ》って、妹《いもうと》たちにハンバーグ作《つく》ってあげる約《やく》束《そく》してるから、先《さき》に帰《かえ》るね。バイバイ」

「リホ、絶対《ぜったい》に転売《てんばい》サイトとかあさっちゃダメだからね？　あんたのサトルンは三月《さんがつ》になったら戻《もど》ってくるんだから、気《き》を確《たし》かに！」

「わかってる～！　カノンこそ、気《き》をつけな？　あまりの人気《にんき》ぶりに、きっとすぐまた再《さい》販《はん》されるよ」

「だといいけどねえ」

バイバイと手《て》を振《ふ》り合《あ》って、家《いえ》に戻《もど》る途中《とちゅう》のスーパーに立《た》ち寄《よ》るのがわたしの日課《にっか》だ。

今日《きょう》は少《すこ》し遅《おそ》くなったし、手《て》っ取《と》り早《ばや》くカレーにしよう。

じゃがいもとにんじんと玉《たま》ネギは冷蔵庫《れいぞうこ》にあったから、お肉《にく》とルーと福神漬《ふくじんづ》けを買《か》おう。

あ、お風呂《ふろ》上《あ》がりのバニラアイスも買《か》っちゃえ！

学校《がっこう》にお金《かね》を持《も》ってくるのも禁止《きんし》されているけれど、わたしはその申請《しんせい》もしてるから大《だい》丈夫《じょうぶ》なんだ。

エコバッグに買《か》ったものを入《い》れ、家《いえ》までの近道《ちかみち》として公園《こうえん》をナナメにつっきって歩《ある》いていると、

「っ、だあああああ!!」

突然《とつぜん》、頭《あたま》に石《いし》でも投《な》げつけられたのかと思《おも》うほどの衝撃《しょうげき》と痛《いた》さ。

頭《あたま》をかかえて、涙目《なみだめ》であたりを見回《みまわ》してもそんなことをしたような人《ひと》もおらず、頭上《ずじょう》を見上《みあ》げたらカラスが飛《と》んでいた。

カァカァと鳴《な》きながら、まるでわたしの上《うえ》を回《まわ》るようにしてこっちを見下《みお》ろしている。

ん⁉　犯人《はんにん》はカラス？　木《き》の実《み》でも落《お》とした？

前《まえ》にテレビで見《み》たことがある。カラスは高《たか》いところからエサとなる木《き》の実《み》を落《お》とし割《わ》って食《た》べるんだって。

足元《あしもと》に転《ころ》がっているかもしれない木《き》の実《み》を探《さが》したわたしの目《め》に映《うつ》ったのは、

「ジュノくんっ⁉」

さっきまで探《さが》し回《まわ》っていた寝顔《ねがお》ジュノくんがあった。

もしかしてカラスが落《お》としたのって、ジュノくんなの⁉

あわてて、それを拾《ひろ》い上《あ》げた瞬間《しゅんかん》、バサバサバサッと大《おお》きな羽《はね》の音《おと》が聞《き》こえた。

「ちょ、きゃ、これ木《き》の実《み》じゃないからぁ！　ジュノくんは食《た》べ物《もの》じゃないからっ!!」

エサを横取《よこど》りされたと思《おも》ったカラスが、わたしをおそってくる。

エコバッグを振《ふ》り回《まわ》しながら、ジュノくんフィギュアを握《にぎ》りしめて家《いえ》に向《む》かって必死《ひっし》に走《はし》る。

わたし、今日《きょう》どれだけ走《はし》ってるの!?

全力《ぜんりょく》で逃《に》げるわたしを、あきらめずに何度《なんど》も何度《なんど》もおそってくるカラス。

「こっちの方《ほう》が美味《おい》しいよっ!!」

悩《なや》んだ末《すえ》にエコバッグからアイスを取《と》り出《だ》して、ええいっとカラスに放《ほう》り投《な》げてみたら、

「カア～」

カラスはアイスをキャッチして、ようやく向《む》こうへと飛《と》んでいってくれた。

ああ、わたしのアイス～、美味《おい》しく食《た》べてくれよ～!!

ちょっぴり悔《くや》しいけど、ジュノくんを守《まも》れてよかったあ。

落《お》としたりしないように、大事《だいじ》に家《いえ》に持《も》ち帰《かえ》った。

2 五頭身《ごとうしん》の王子様《おうじさま》

「ただいまあ」

「にゃあああん」

玄関《げんかん》を開《あ》ける音《おと》に気《き》づいた黒猫《くろねこ》のニャ太郎《たろう》が、おかえりとすり寄《よ》ってくる。

冷蔵庫《れいぞうこ》に買《か》ってきたものを入《い》れ、自分《じぶん》の部屋《へや》に向《む》かうとニャ太郎《たろう》もついてきた。

カバンをベッドに放《ほう》り投《な》げ、握《にぎ》りしめていたジュノくんフィギュアを、机《つくえ》の上《うえ》にそっと置《お》く。

カラスにくわえられたり、土《つち》の上《うえ》に落《お》とされたりして汚《よご》れているけれど、黒《くろ》いスーツには金色《きんいろ》の刺繍《ししゅう》、マントに、よく見《み》たら頭《あたま》の上《うえ》に小《ちい》さな王冠《おうかん》までついていて、本当《ほんとう》に王子様《おうじさま》みたい。

無事《ぶじ》でよかったね、ジュノくん！

しかも、無料《むりょう》で手《て》に入《はい》ったなんて、超《ちょう》ラッキー！　なーんて、一瞬《いっしゅん》思《おも》っちゃったけれど……。

落《お》とした人《ひと》、きっとショックだよね、わたしだったら泣《な》いている。

キレイにして交番《こうばん》に届《とど》けてあげよう、持《も》ち主《ぬし》さんに届《とど》きますように。

机《つくえ》の上《うえ》のウェットティッシュを手《て》にして、ジュノくんのお顔《かお》をゴシゴシしてみた。

「おい」

うん？　今《いま》、なにか聞《き》こえたような？

この部屋《へや》にいるのは、ベッドの上《うえ》でくつろぐニャ太郎《たろう》だけ。

気《き》のせいかと、もう一度《いちど》ゴシゴシと手《て》を動《うご》かしていたら……。

「痛《いた》いだろうが！　もう少《すこ》し丁寧《ていねい》な扱《あつか》いをしろ！」

えっと……？　待《ま》って？　なに、これ……？

「人間《にんげん》の女《おんな》というものは、こんなにもガサツな生《い》き物《もの》なのか？　最悪《さいあく》だ」

机《つくえ》の上《うえ》、紫色《むらさきいろ》の瞳《ひとみ》の小《ちい》さな人間《にんげん》が服《ふく》の汚《よご》れをはらいおとしながら、立《た》ち上《あ》がった。

その正体《しょうたい》は、さっきまでジュノくんのフィギュアだと思《おも》っていた、アレだ……。

腕組《うでぐ》みをしてエラそうにわたしをにらんでいる。

「なんだ？　オマエ、口《くち》が利《き》けぬのか？」

パクパクと口《くち》を開《ひら》いても声《こえ》にならないわたしを見《み》て、あきれたようなため息《いき》をつく小《ちい》さな人《ひと》。

なにこれ？　夢《ゆめ》？　なんの夢《ゆめ》？

ジュノくんの夢《ゆめ》ならばどれほどうれしいか。

だけど、ジュノくんの瞳《ひとみ》は黒《くろ》だし、この五頭身《ごとうしん》の小《ちい》さな人《ひと》みたいに紫《むらさき》じゃないし、ん？

そういえば、王冠《おうかん》って、寝顔《ねがお》フィギュアについてたっけ？　あんた誰《だれ》!?　一体《いったい》、なに!?

「まあ、よかろう。オマエは記念《きねん》すべき、オレと接《せっ》した人間《にんげん》の女第一号《おんなだいいちごう》である。よって、オマエをオレの花嫁《はなよめ》にしてやろう。よろこべ、女《おんな》」

オマエ、オマエ、オマエ、女《おんな》、女《おんな》、女《おんな》、花嫁《はなよめ》ってなに!?

ジュノくんだったら、ナイターに対《たい》してこんなひどい扱《あつか》いはしない。

あ……、これはもしかして、わたしの『ジュノくんの寝顔《ねがお》フィギュアが欲《ほ》しい』熱《ねつ》が高《たか》まりすぎて、幻《まぼろし》を見《み》てるとか、そういう感《かん》じかもしれない。

一度目《いちどめ》を閉《と》じて、もう一度《いちど》開《あ》ける。

「寝《ね》るな、女《おんな》！」

まだ、いた……、小《ちい》さくてエラそうなやつ。

これは夢《ゆめ》だ、悪《わる》い夢《ゆめ》だ。

夢《ゆめ》なら、力《ちから》ずくで目《め》を覚《さ》まそう。

「おい、な、なにをする!?　離《はな》せ、離《はな》せ～!!」

無言《むごん》で小《ちい》さい人間《にんげん》をわしづかみにすると、ベッド横《よこ》の窓《まど》を開《あ》けた。

さよなら、よく見《み》たらジュノくんじゃない、おかしな生《い》き物《もの》。

ベッドに乗《の》り、えいっと投球《とうきゅう》のかまえをしたわたしに、突然《とつぜん》ニャ太郎《たろう》が飛《と》びかかってきた。

「王子《おうじ》をお離《はな》しなさい、カノンどの！」

「ニャ太郎《たろう》？」

緑色《みどりいろ》だったはずのニャ太郎《たろう》の目《め》が赤《あか》く光《ひか》っている。

それだけじゃなくて、人間《にんげん》の言葉《ことば》、話《はな》しちゃってる～!!

どうなってんの？　なんなの？　一体《いったい》!?

あわてて、部屋《へや》を逃《に》げ出《だ》そうとしたら、ドアが開《あ》かない。

しょうがなく窓《まど》から助《たす》けを呼《よ》ぼうとしたのに、開《あ》けたはずの窓《まど》がピシャリと閉《し》まったきり、やはり開《あ》かない。

「ナイスです、ルカ王子《おうじ》」

「助《たす》けが遅《おそ》いぞ、フィリップ」

わたしの手《て》の中《なか》でもがく小《ちい》さな人間《にんげん》に向《む》かって、ニャ太郎《たろう》が「ルカ王子《おうじ》」と声《こえ》をかけた。

そして、小《ちい》さな人間《にんげん》はニャ太郎《たろう》のことを「フィリップ」と呼《よ》んだ。

え？　わたしの名前《なまえ》も知《し》ってたよね？

「あの……」

このはちゃめちゃな夢《ゆめ》の中《なか》、ニャ太郎《たろう》に向《む》かって声《こえ》をかけた。

ニャ太郎《たろう》はヘナヘナと座《すわ》り込《こ》んだわたしのひざに手《て》をついて。

「私《わたくし》は、王子《おうじ》の執事《しつじ》兼《けん》教育係《きょういくがかり》のフィリップと申《もう》します、お見知《みし》りおきを。カノンどの、まずは王子《おうじ》をお離《はな》しください。そして、ひざまずき、ごあいさつを」

「はあ？」

「ぷぎゅっ」

「あ、ごめん」

ニャ太郎《たろう》からの命令《めいれい》にイラつき、小《ちい》さな人間《にんげん》を強《つよ》く握《にぎ》りしめたら、手《て》の中《なか》で変《へん》な声《こえ》が聞《き》こえて、あわててベッドに降《お》ろす。

小《ちい》さな人《ひと》はケホケホと四《よ》つん這《ば》いになり、苦《くる》しそうに咳《せき》をしてから、ようやくわたしの方《ほう》を振《ふ》り返《かえ》る。

さっきみたいに腕組《うでぐ》みをしてエラそうな態度《たいど》のままで。

「この者《もの》は、カノンと申《もう》すのか？　フィリップ」

「は、この黒《くろ》い生《い》き物《もの》の意識《いしき》がそう言《い》っております」

「ちょっと！　ニャ太郎《たろう》は大丈夫《だいじょうぶ》なの？　勝手《かって》にニャ太郎《たろう》の体《からだ》乗《の》っ取《と》ったの!?」

「いたしかたのないことだったのです。カノンどのが王子《おうじ》を投《な》げ捨《す》てようとしたから。あ、この者《もの》は元気《げんき》であります、ほら」

緑色《みどりいろ》の目《め》に一瞬《いっしゅん》だけ戻《もど》ったニャ太郎《たろう》が、「にゃあ」と鳴《な》いた後《あと》、またすぐ赤《あか》い目《め》に戻《もど》る。

よかった、ニャ太郎《たろう》はちゃんといるみたい、ってそういうことじゃなくて!!

「というわけで、カノンどの、今《いま》すぐにルカ王子《おうじ》と結婚《けっこん》していただきたいと思《おも》います」

「なにが、というわけなの⁉ 結婚《けっこん》ってなに？ この小《ちい》さい人間《にんげん》と？ 冗談《じょうだん》じゃない！

わたし、まだ十三歳《じゅうさんさい》だから！ 結婚《けっこん》できない年《とし》だし、この小《ちい》さいのと結婚《けっこん》とか絶対無理《ぜったいむり》！

むーりー！」

顔《かお》の前《まえ》でバッテン印《じるし》を作《つく》り、おことわりをしたら。

「小《ちい》さいって言《い》うな、無礼者《ぶれいもの》め！ よしわかった。どうしてもオレと結婚《けっこん》できぬと言《い》うのだな？」

「あたりまえじゃん、わたしは人間《にんげん》、あなたは小《ちい》さい人間《にんげん》の国《くに》の王子様《おうじさま》でしょ？ できるわけないじゃん」

「小《ちい》さい人間《にんげん》ではない!! もういい、オレを完全《かんぜん》に怒《おこ》らせたな？ 覚悟《かくご》しろ、女《おんな》！ オマエなどいっそほろびてしまえばいい！」

「王子《おうじ》、それは!!」

あせるニャ太郎《たろう》、そして冷《つめ》たく光《ひか》る小《ちい》さい王子《おうじ》の紫《むらさき》の瞳《ひとみ》。

なんだかマズイことになった？　と身構《みがま》えたわたしに向《む》かって、エイッとかざされた、小《ちい》さな手《て》のひら。

「……」

数秒《すうびょう》待《ま》っても、なんの変化《へんか》も起《お》こらない様子《ようす》に、お互《たが》いに首《くび》をひねった。

「王子《おうじ》、さっきこの部屋《へや》からカノンどのを出《だ》さないように魔法《まほう》を使《つか》ったでしょう？」

「それがなんだ？」

「マーリン様《さま》がおっしゃっていたではないですか、人間界《にんげんかい》では一日《いちにち》に一度《いちど》しか魔法《まほう》は使《つか》えないと」

新《あら》たな登場人物《とうじょうじんぶつ》出《で》てきた!!

「あの、マーリンさんはどこに？」

キョロキョロと部屋《へや》を見渡《みわた》しても、マーリンさんらしき人物《じんぶつ》はいない、透明人間《とうめいにんげん》？

「あの大魔女《おおまじょ》に『さん』などつけなくてもいい！」

「マーリン様《さま》は魔法《まほう》の国《くに》の最長老魔女《さいちょうろうまじょ》でございます。王子《おうじ》はマーリン様《さま》を怒《おこ》らせてその呪《のろ》いにより体《からだ》を小《ちい》さくされ、人間界《にんげんかい》に追放《ついほう》されたのです」

ん？　王子《おうじ》は魔法《まほう》の国《くに》の王子《おうじ》なの？

そして、マーリンさんという大魔女《おおまじょ》さんを怒《おこ》らせて追放《ついほう》された？

でも、なんとなくマーリンさんの気持《きも》ちがわかる気《き》がする。

初対面《しょたいめん》のわたしですら、この王子様《おうじさま》のエラそうな態度《たいど》にイライラしちゃうもの。

わたしに魔法《まほう》が使《つか》えたなら、更《さら》にちっちゃくしてやるのに!!

「まさか、さっき使《つか》ったのが今日《きょう》の一回《いっかい》だったと、そう言《い》うのか？」

「さようでございます。最初《さいしょ》に言《い》っておきますが、私《わたくし》の体《からだ》は元《もと》の世界《せかい》にありますゆえ、人《にん》間界《げんかい》では魔法《まほう》は使《つか》えません」

ホッ、よかった。

もし王子《おうじ》に魔法《まほう》が使《つか》えていたならば、わたしどうなっちゃっていたんだろう。

落《お》ち着《つ》いてきたら、ようやく今《いま》わたしがしなきゃいけないことを思《おも》い出《だ》した。

ニャ太郎《たろう》、いや、フィリップ……、いいや、もう一緒《いっしょ》にしとけ。

この状況《じょうきょう》に頭《あたま》を抱《かか》えているヒマはなく、時間《じかん》は少《すこ》しずつ過《す》ぎているから。

「フィ太郎《たろう》さん、さっきから魔法《まほう》とか、なんとか……。本当《ほんとう》にもう意味《いみ》がわからなくて、この話《はなし》、夢《ゆめ》じゃなくて急《いそ》ぐわけでもないなら後《あと》でもいいかな？」

「フィッ⁉　ま、まあ、カノンどのがお忙《いそが》しいようであれば」

「なっ、おい！　オレの話《はなし》以上《いじょう》に大事《だいじ》な時間《じかん》など、この世《よ》には」

「はいはい、ごめんね、王子様《おうじさま》。わたし、これから夕飯《ゆうはん》の支度《したく》があるの！　カレー作《つく》らなくちゃいけないの、パパが帰《かえ》ってくるまでに」

「……カレーとは、料理《りょうり》なのか？」

その瞬間《しゅんかん》、怖《こわ》い顔《かお》でわたしをにらむ王子《おうじ》から、とっても小《ちい》さなグウというお腹《なか》の鳴《な》る音《おと》が聞《き》こえた。

「お腹《なか》、減《へ》ってる？」

「全然《ぜんぜん》」

「いや、めっちゃ鳴《な》ったじゃん。王子《おうじ》にもカレー食《た》べさせてあげるから、ドア開《あ》けてよ」

「ならぬ！　オマエはまた、オレを投《な》げ捨《す》てようとするのであろう？」

「可哀《かわい》そうだからしないよ、だって追放《ついほう》されたってことは、今《いま》は帰《かえ》る場所《ばしょ》がないんでしょ？

あんたたちが、おとなしくしてくれるんなら、しばらくは泊《と》めてあげてもいいよ」

「カノンどの、それはありがたき幸《しあわ》せでございます。ところで、カレーとやらは私《わたくし》も食《た》べられるのでしょうか？」

「フィ太郎《たろう》さんは無理《むり》ね、ネコだから。でもちゃんとフィ太郎《たろう》さん用《よう》のご飯《はん》もあげる」

「ほお、この者《もの》はネコという生《い》き物《もの》なのですね。私専用《わたくしせんよう》のご飯《はん》、楽《たの》しみでございます」

フィ太郎《たろう》さん、なぜかヘソ天《てん》してゴロゴロ言《い》い始《はじ》めちゃった、たまにニャ太郎《たろう》に戻《もど》るみたい。

フィ太郎《たろう》さんのご飯《はん》はネコ用《よう》だとは言《い》わないでおこう。

王子《おうじ》はそんなフィ太郎《たろう》さんを気味悪《きみわる》そうに見《み》ていたけれど、まだわたしのことは信用《しんよう》していないみたい。

エプロンをつけたわたしは、王子《おうじ》に手《て》を伸《の》ばす。

「なんだ？」

「この部屋《へや》に残《のこ》る？　それとも、わたしと一緒《いっしょ》に来《く》る？　どっちがいい？」

しばらくわたしの手《て》を見《み》つめていた王子《おうじ》が、チョコンと飛《と》び乗《の》ってきた。

「言《い》っておくが、一緒《いっしょ》に行《い》きたいわけではない。オマエを見張《みは》るために、ついていくだけだ」

言《い》い方《かた》が腹立《はらた》つけど、今《いま》はそんなヒマないし。

「ここに、入《はい》ってて。パパが帰《かえ》ってきたら、二人《ふたり》ともしゃべらないこと！　いいわね？」

王子《おうじ》をエプロンのポケットに入《い》れて、ドアレバーに手《て》をかけたらすんなりと開《ひら》く。

「開《あ》けてくれてありがと」

「いいから、もう少《すこ》し静《しず》かに歩《ある》け！　揺《ゆ》れるではないか」

ああ、もうイチイチうるさいなあ。

ため息《いき》をついて歩《ある》き出《だ》すわたしの後《うし》ろから、フィ太郎《たろう》さんもキッチンについてきた。

3 ドールハウスの王子様《おうじさま》

カレーを作《つく》る間中《あいだじゅう》、王子《おうじ》もフィ太郎《たろう》さんも興味津々《きょうみしんしん》でのぞき込《こ》んでくる。

「失礼《しつれい》ながら、カノンどのは、この家《いえ》の姫《ひめ》ではないのでしょうか？」

「はい？」

「まるで、召使《めしつか》いのような下働《したばたら》きをしていらっしゃるゆえ」

「下働《したばたら》き？　そんなの知《し》らないけど、うちはさ、パパと二人暮《ふたりぐ》らしなの。パパが働《はたら》いている日《ひ》は、わたしが夕《ゆう》ご飯《はん》を作《つく》る係《かかり》なの」

ママのレシピノートを見《み》ながら、味付《あじつ》けをする。

カレーのルーは三種類《さんしゅるい》、それをパキパキ割《わ》り入《い》れて、ハチミツとケチャップ、ウスターソースを少《すこ》しずつ。

味見《あじみ》をしたら、うん、ママの味《あじ》だ！　今日《きょう》も大成功《だいせいこう》。

「これはこれは、いい匂《にお》いでございますね」

テーブルの上《うえ》に乗《の》っかって鍋《なべ》をのぞき込《こ》もうとしているフィ太郎《たろう》さんに、あわててネコ缶《かん》を開《あ》けて器《うつわ》に入《い》れる。

「フィ太郎《たろう》さんは、こっちね」

「うにゃあああん」

フィ太郎《たろう》さんよりもお腹《なか》が空《す》いちゃってたニャ太郎《たろう》が飛《と》び出《だ》しちゃったみたい。

いつものように器《うつわ》を顔《かお》につっ込《こ》んで、うにゃうにゃとご機嫌《きげん》に食《た》べている様子《ようす》を見《み》て、王子《おうじ》は、

「オイ、フィリップ、なんというはずかしい真似《まね》を！」

なんて怒《おこ》っていたけど、仕方《しかた》がない、元《もと》はネコなんだもの。

さて、パパが帰《かえ》ってくるまでに王子《おうじ》にカレーをあげるとして。

一番小《いちばんちい》さなお皿《さら》でも王子《おうじ》が食《た》べるには大《おお》きすぎるし、きっと重《おも》たいはず。

手《て》づかみで食《た》べるのだって、きっとイヤよね。

う～ん、あ！　そうだ!!

「ちょっと、待《ま》ってて、すぐに戻《もど》るから」

エプロンから王子《おうじ》を出《だ》してテーブルに置《お》き、自分《じぶん》の部屋《へや》に戻《もど》ってクローゼットを開《あ》けた。

もう三年《さんねん》くらい使《つか》っていないけれど……。

「おー！　あった、あった！」

動物一家《どうぶついっか》が住《す》んでいるドールハウス、その小物《こもの》の中《なか》に、お皿《さら》、コップ、スプーンにフォーク、テーブルクロスなんかもある。

あと、テーブルでしょ？　それから、椅子《いす》も。

両手《りょうて》にかかえて、キッチンに戻《もど》ると王子《おうじ》が「遅《おそ》い」とばかりに、ブスッとした顔《かお》で福神《ふくじん》漬《づ》けの保存容器《ほぞんようき》に腰《こし》かけて待《ま》っていた。

その前《まえ》に椅子《いす》とテーブルをセッティング。

「ねえ、これ座《すわ》れる？　座《すわ》ってみて」

王子《おうじ》は返事《へんじ》こそしないものの、椅子《いす》に座《すわ》ってくれた。

「グラグラしない？　使《つか》えそう？」

「ああ、椅子《いす》は固《かた》いが、大丈夫《だいじょうぶ》そうだ」

「じゃあ、今《いま》ご飯《はん》持《も》ってくるから待《ま》ってて」

王子《おうじ》の目《め》の前《まえ》にテーブルクロスを敷《し》いて、持《も》ってきた食器類《しょっきるい》を洗《あら》う。

乾《かわ》かしている間《あいだ》に、ご飯《はん》とカレーの具《ぐ》と福神漬《ふくじんづ》けを刻《きざ》む。

「お待《ま》たせいたしました、王子様《おうじさま》。さあ、召《め》し上《あ》がれ」

コップにお水《みず》も入《い》れて王子《おうじ》の前《まえ》に全《すべ》て並《なら》べたら、疑《うたが》うような目《め》で皿《さら》をじっとながめている。

カレーって名前《なまえ》、聞《き》いたことがなさそうだったし、見《み》たこともないのかもしれない。

「あのね、味《あじ》は保証《ほしょう》する。なんてったって、わたしのママのレシピだし、絶対美味《ぜったいおい》しいから！」

食《た》べてみて、というわたしの想《おも》いが伝《つた》わったのか、王子《おうじ》はジャストサイズのスプーンを持《も》つとカレーライスをひとすくい。

目《め》をつぶって、パクンッと勢《いきお》いよく口《くち》に入《い》れた後《あと》。

「……ほめてつかわす」

「え？」

「我《わ》が城《しろ》でも、このような料理《りょうり》は食《た》べたことがない」

よっぽどお腹《なか》が空《す》いていたのだろう、王子様《おうじさま》っぽくないけれど、一気《いっき》にカレーライスを頬張《ほおば》り始《はじ》めた。

「おかわりは、いかが？　王子《おうじ》」

「いただこう」

口《くち》の周《まわ》りについたカレーを手《て》の甲《こう》でグイッとぬぐい、お皿《さら》をわたしに差《さ》し出《だ》す。

美味《おい》しいってことだよね。

うれしくなって、二杯目《にはいめ》のカレーを大盛《おおも》りにして王子《おうじ》の前《まえ》に置《お》いた。


「ただいま、カノン！　お、今日《きょう》はカレーだなあ」

「おかえり、パパ」

三杯目《さんばいめ》のカレーを食《た》べ終《お》えて、さすがにお腹《なか》いっぱいになったらしい王子《おうじ》をエプロンのポケットに入《い》れて玄関《げんかん》に向《む》かう。

「すぐご飯《はん》食《た》べるでしょ？　今《いま》、温《あたた》めるから」

「カノンはもう食《た》べたの？」

「まだ！　パパと一緒《いっしょ》に食《た》べようと思《おも》って、待《ま》ってた。宿題《しゅくだい》もこれから」

「そうなの？　今日《きょう》は、忙《いそが》しかったのかな、学校《がっこう》」

「そうじゃないけど、でも、ちょっとだけ忙《いそが》しかったんだ」

お腹《なか》いっぱいになってママの椅子《いす》の上《うえ》で眠《ねむ》ってしまったフィ太郎《たろう》と、エプロンポケットの中《なか》にいる王子《おうじ》を見《み》て苦笑《にがわら》い。

忙《いそが》しさの原因《げんいん》たちのことは、パパには言《い》えない。驚《おどろ》かせちゃうもんね。

パパは近《ちか》くの会計事務所《かいけいじむしょ》で働《はたら》いている。

月曜日《げつようび》から金曜日《きんようび》の九時《くじ》から十八時《じゅうはちじ》まで。

ママがいた頃《ころ》には、いつも残業《ざんぎょう》ばっかりしていたけれど、最近《さいきん》はわたしのことが心配《しんぱい》なのか、朝早《あさはや》く出《で》て十八時半《じゅうはちじはん》には家《いえ》に帰《かえ》ってきてくれる。

「ん、うまい。さすが、ママレシピ」

テーブルの上《うえ》に置《お》いてあるノートを見《み》て、パパが嬉《うれ》しそうに笑《わら》った。

「明日《あした》は、なににする？　好《す》きなのリクエスト受付中《うけつけちゅう》」

「カレー」

エプロンの中《なか》から聞《き》こえた小《ちい》さい声《こえ》に、ギョッとした。

パパは気《き》づいてなさそうだけれど。

「じゃあ、しょうが焼《や》きでお願《ねが》いしようかな」

「おっけー！　任《まか》せておいて」

「あ、ご飯《はん》食《た》べたらカノンは宿題《しゅくだい》しておいで。パパが片《かた》づけて、お風呂《ふろ》わかしておくから」

「はーい」

「いつも、ありがとね、カノンのおかげで本当《ほんとう》にパパ助《たす》かってるよ」

「ママレシピのおかげだし」

「そっか、ママのおかげか。でも、本当《ほんとう》に、ごめんね、カノンにばかり負担《ふたん》かけて」

パパの申《もう》し訳《わけ》なさそうな声《こえ》に背中《せなか》を向《む》けたまま首《くび》を振《ふ》る。

食《た》べ終《お》わったお皿《さら》を水《みず》につけて、ちっちゃなため息《いき》の後《あと》、笑顔《えがお》を作《つく》って振《ふ》り返《かえ》った。

「じゃあ、宿題《しゅくだい》やってくる～！　あとはパパに任《まか》せた!!」

王子《おうじ》のテーブルや洗《あら》い終《お》えた食器《しょっき》を右手《みぎて》に、眠《ねむ》ったままのフィ太郎《たろう》さんを左腕《ひだりうで》で抱《だ》きかかえて、自分《じぶん》の部屋《へや》に戻《もど》った。

「あ、ねえ、これ使《つか》う？　王子《おうじ》」

部屋《へや》に戻《もど》ってベッドの横《よこ》にあるチェストの上《うえ》にドールハウスを置《お》く。

「これはなんだ？」

「わたしが小学生《しょうがくせい》の頃《ころ》に遊《あそ》んでたクマさん一家《いっか》の」

「クマさん？」

「いや、ドールハウスなんだけど」

クマの家《いえ》を使《つか》って、なんて言《い》ったらまたプリプリ怒《おこ》り出《だ》して面倒《めんどう》そうだから黙《だま》っておこう。

ベッドからピョンとドールハウスに飛《と》び移《うつ》った王子《おうじ》が、階段《かいだん》を上《のぼ》ったり、あちこち見回《みまわ》してから言《い》った。

「オレの住《す》む城《しろ》とは比《くら》べ物《もの》にならないほど、粗末《そまつ》だが、まあいい。明日《あした》には、どうにかしよう」

粗末《そまつ》って！　やっぱフィ太郎《たろう》さんと一緒《いっしょ》にケージに入《い》れてやろうかな、とヒクヒクしたけれど、未使用《みしよう》のふかふかタオルハンカチをベッドに敷《し》いてあげた。

それにしても、全《すべ》てがジャストサイズだ。

王子自体《おうじじたい》がクマさんと同《おな》じくらいなんだから、そうなるだろうけれど、なんだかかわいい。

ドールハウスのソファーの上《うえ》、小《ちい》さい体《からだ》で短《みじか》い脚《あし》を組《く》んでいるのもかわいい。

ただし、口《くち》さえ開《ひら》かなければ。

「なにをニヤニヤと見《み》ている！　気持《きも》ちが悪《わる》い。オマエ、宿題《しゅくだい》とやらをするのではないのか？」

「あー、そうだった。ごめんね、終《お》わるまで待《ま》っててもらっていい？　いろいろ聞《き》きたいこともあるし」

フィ太郎《たろう》さんはグッスリと眠《ねむ》っているし、今《いま》のうちに宿題《しゅくだい》をすませて、ゆっくり話《はなし》を聞《き》かせてもらおう。

集中《しゅうちゅう》し、ようやく終《お》わらせて、ふと王子《おうじ》を見《み》たらソファーにひじをついて眠《ねむ》っている。

「一日中《いちにちじゅう》いろんなことがあって、それに慣《な》れぬ環境《かんきょう》。王子《おうじ》も疲《つか》れておられるのですよ」

いつの間《ま》にか起《お》きたフィ太郎《たろう》さんが伸《の》びをしてわたしを見上《みあ》げていた。

王子《おうじ》が起《お》きないようにそっと両手《りょうて》でベッドに運《はこ》び、ハンカチ布団《ぶとん》の間《あいだ》に入《い》れて、ドールハウスの扉《とびら》を閉《し》める。

窓《まど》からグッスリ眠《ねむ》る王子《おうじ》の姿《すがた》を見《み》て、フィ太郎《たろう》さんもホッとしているようだった。

「フィ太郎《たろう》さん」

「はい」

「ルカ王子《おうじ》は、なぜ魔法《まほう》の国《くに》を追放《ついほう》されたの？」

「そうですね、カノンどののお世話《せわ》になることですし。それにすでにもうカノンどのを巻《ま》き込《こ》んでしまっているので、最初《さいしょ》からお話《はな》ししましょう」

わたし、巻《ま》き込《こ》まれてる⁉

首《くび》をかしげたわたしに、フィ太郎《たろう》さんはシャンと背筋《せすじ》を伸《の》ばして向《む》き合《あ》うように座《すわ》った。

4 王子様《おうじさま》の深《ふか》い事情《じじょう》【フィリップSIDE《サイド》】

カノンどのは真剣《しんけん》な眼差《まなざ》しで私《わたくし》を見《み》つめていらっしゃった。

私《わたくし》は、王子《おうじ》が起《お》きてしまわないように、少《すこ》しだけ声《こえ》を潜《ひそ》めて、忌《い》まわしき事件《じけん》をカノンどのに、説明《せつめい》しなければならないのだ。

運悪《うんわる》く王子《おうじ》に最初《さいしょ》に出会《であ》ってしまったカノンどのにはそれを聞《き》く権利《けんり》があるのだから。

「あれは、今《いま》から数時間前《すうじかんまえ》のことでございます。王子《おうじ》が大魔女《おおまじょ》マーリン様《さま》を怒《おこ》らせてしまったことが、全《すべ》ての始《はじ》まりで」

ため息《いき》をつき、かしこまり話《はな》し出《だ》した私《わたくし》にカノンどのはゴクンと唾《つば》を飲《の》み込《こ》み、『いつでもどうぞ』というように、口《くち》を結《むす》び、私《わたくし》の話《はなし》を聞《き》く準備《じゅんび》を整《ととの》えてくださった。

「フィリップよ、なぜオレがマーリンの誕生会《たんじょうかい》になど行《い》かねばならぬ」

「それは次期王《じきおう》が十三歳《じゅうさんさい》になった年《とし》の習《なら》わしだからでございますよ、ルカ王子《おうじ》」

御年十三歳《おんとしじゅうさんさい》、ルカ王子《おうじ》は母君《ははぎみ》である王妃様《おうひさま》によく似《に》た紫色《むらさきいろ》の目《め》で私《わたくし》をにらまれました。

賢《かしこ》く、とてもキレイなお顔立《かおだ》ちをしていらっしゃるのに、眼差《まなざ》しも口調《くちょう》もキツいのはいつものことです。

そのため、私以外《わたくしいがい》の者《もの》は王子《おうじ》の目《め》を見《み》ることもなく、できるだけ関《かか》わることなく過《す》ごしておりました。

「大体《だいたい》、オレではないだろう？　次期王《じきおう》は」

「なにをおっしゃっております？　ルカ王子《おうじ》はこの国《くに》の第一王子《だいいちおうじ》でございますよ」

「母上《ははうえ》はニコを推《お》しておられると聞《き》いているが？」

「王妃様《おうひさま》は決《けっ》してそのようなことをお考《かんが》えではありませぬ。それは国民《こくみん》の勝手《かって》なウワサであります」

ニコ王子《おうじ》というのは、ルカ王子《おうじ》の弟君《おとうとぎみ》であり、現在六歳《げんざいろくさい》になられたばかりの第二王子《だいにおうじ》でございます。

年《とし》の離《はな》れた御兄弟《ごきょうだい》であり、遅《おそ》くに生《う》まれた子《こ》として弟《おとうと》のニコ王子《おうじ》は、城《しろ》の中《なか》ばかりか、国民《こくみん》にも愛《あい》されております。

ルカ王子《おうじ》とよく似《に》た美《うつく》しいお顔立《かおだ》ちではあれど、髪《かみ》の色《いろ》まで王妃様《おうひさま》に似《に》た金髪《きんぱつ》で麗《うるわ》しく。よく笑《わら》うニコ様《さま》のことを国民《こくみん》は『太陽《たいよう》の王子《おうじ》』と呼《よ》び、反対《はんたい》に人前《ひとまえ》でめったに笑《わら》うことのないルカ様《さま》は『月《つき》の王子《おうじ》』などと呼《よ》ばれていたのです。

でも、ルカ王子《おうじ》だって最初《さいしょ》から、こんな生意気《なまいき》なお子様《こさま》だったわけではないのですよ。父君《ちちぎみ》であるこの国《くに》の王《おう》が、泣《な》き虫《むし》だったルカ王子《おうじ》の将来《しょうらい》を考《かんが》えたうえで、きびしく育《そだ》てよ、などと言《い》うものですから。

笑《わら》うことも泣《な》くことも母君《ははぎみ》に甘《あま》えることも許《ゆる》されず、日々《ひび》国王《こくおう》になるための学《まな》び、剣《けん》の腕《うで》をきたえる中《なか》で、このような険《けわ》しい顔《かお》つきになってしまわれただけのこと。

ルカ王子《おうじ》と離《はな》されてしまった女王様《じょおうさま》は、ニコ王子《おうじ》がお生《う》まれになった時《とき》、今度《こんど》こそ自分《じぶん》で育《そだ》てたいのだと王《おう》に願《ねが》い出《で》たのです。

まあ、第二王子《だいにおうじ》だし、とニコ様《さま》に甘《あま》かった王様《おうさま》もそれをお許《ゆる》しになったのですけれどね。

ルカ王子《おうじ》とは違《ちが》い、笑顔《えがお》をふりまき、王妃様《おうひさま》にはもちろん王様《おうさま》にもなつくニコ王子《おうじ》を王《おう》様《さま》も今《いま》や溺愛《できあい》していたようでございました。

それを遠目《とおめ》に見《み》ながら、ルカ王子《おうじ》のお心《こころ》がどんどんツララのように冷《つめ》たくとがっていくのを感《かん》じてはおりましたが……。

「この国《くに》の次期王《じきおう》となられるお方《かた》だけが、マーリン様《さま》の祝福《しゅくふく》を受《う》けられるのですよ」

「フンッ、三百歳《さんびゃくさい》を超《こ》える化物《ばけもの》の祝福《しゅくふく》など」

「ルカ王子《おうじ》！　それを言《い》ってはいけませぬ」

私共《わたくしども》の国《くに》にはマーリン様《さま》を筆頭《ひっとう》に、七人《しちにん》の大魔女《おおまじょ》がいらっしゃいます。

普段《ふだん》は森《もり》の奥深《おくふか》くに住《す》み、国《くに》のために尽《つ》くしてくれている者《もの》たちですが、全員《ぜんいん》が百歳《ひゃくさい》を超《こ》えておりまして。

年寄《としよ》り扱《あつか》いされるのが嫌《きら》いなくせに、大事《だいじ》にしてくれないとヘソを曲《ま》げてしまったり、だからこそ悪口《わるぐち》なんてもってのほかなのです。

だって彼女《かのじょ》たちがヘソを曲《ま》げてしまったら、大変《たいへん》なことが起《お》こるのですから。

すると、その時《とき》です。

「失礼《しつれい》いたします」

コンコンと控《ひか》えめなノックの後《あと》、お茶《ちゃ》を運《はこ》ぶ召使《めしつか》いがワゴンを押《お》しながら王子《おうじ》の部屋《へや》に入《はい》ってきました。

王子《おうじ》も私《わたくし》もその者《もの》には構《かま》わず、話《はなし》を続《つづ》けておりました。

「とにかく、誕生会《たんじょうかい》は一《いっ》か月後《げつご》の満月《まんげつ》の夜《よる》でございます。それまでに、マーリン様《さま》への捧《ささ》げものをいくつか見繕《みつくろ》って」

「ああ、おまえに任《まか》せる、フィリップ」

「ダ、ダメでございます。捧《ささ》げものには、その者《もの》の気持《きも》ちが宿《やど》っているとのこと。魔女《まじょ》にはそれを見抜《みぬ》く力《ちから》があります」

「大体《だいたい》、気持《きも》ちなど、どう宿《やど》るというのだ？　目《め》には見《み》えぬもの。人《ひと》の心《こころ》の中《なか》など、誰《だれ》にもわからぬではないか。温室《おんしつ》の花《はな》でも抜《ぬ》いて持《も》っていけばいいのであろう？　世界中《せかいじゅう》の花《はな》を集《あつ》めたものだ、マーリンもさぞ喜《よろこ》ぶのではないか」

召使《めしつか》いが王子《おうじ》の前《まえ》に置《お》いたティーカップからカチャと音《おと》がしました。

その音《おと》に、王子《おうじ》とともに気《き》づくと、ひざまずいていた召使《めしつか》いが顔《かお》を上《あ》げ、そして口《くち》を開《ひら》いたのです。

「おそれながら……。今《いま》の王様《おうさま》が十三歳《じゅうさんさい》の時《とき》には、マーリン様《さま》に手荒《てあ》れをふせぐお薬《くすり》をお贈《おく》りになったそうです。ご自分《じぶん》で調合《ちょうごう》したものだったとか。それと、魔法《まほう》の力《ちから》で編《あ》んだひざかけも」

「……、だからなんだと？」

「王《おう》は、お年《とし》を召《め》したマーリン様《さま》に労《いた》わりの心《こころ》を贈《おく》ったのだと思《おも》われます。その代《か》わり、マーリン様《さま》は王《おう》が生《い》きている間《あいだ》はこの国《くに》の民《たみ》の健康《けんこう》を祈《いの》り、繁栄《はんえい》を贈《おく》った、と。マーリン様《さま》は王《おう》のお心《こころ》に感動《かんどう》したのですよ、見《み》える見《み》えないということではないのでしょう」

ギロリと召使《めしつか》いを見下《みお》ろしたルカ王子《おうじ》の拳《こぶし》が震《ふる》えていることに気《き》づいて、私《わたくし》は冷《ひ》や汗《あせ》が出《で》ました。

マズイ、王子《おうじ》の怒《いか》りに触《ふ》れたなら、召使《めしつか》いといえどただではすまないだろうと。

「お茶《ちゃ》を淹《い》れたなら、もう下《さ》がりなさい」

「いいえ、そうは参《まい》りません。だって聞《き》いてしまったんですもの」

スクッと立《た》ち上《あ》がった召使《めしつか》いは、ニヤリと笑《わら》うと、一瞬《いっしゅん》でグニャリと姿《すがた》を変《か》えたのです。

若《わか》い召使《めしつか》いだったはずが、腰《こし》の曲《ま》がった婆《ばあ》さん、いや、大魔女《おおまじょ》マーリン様《さま》の姿《すがた》に変《か》わったのでございますよ。

部屋《へや》の空気《くうき》が一変《いっぺん》し、ガタガタと窓《まど》は内側《うちがわ》から揺《ゆ》れ、本棚《ほんだな》の本《ほん》が勝手《かって》に飛《と》び出《だ》しては壁《かべ》にぶつかり床《ゆか》に落《お》ち、それはまるでマーリン様《さま》の怒《いか》りのようでございました。

「やれやれ、次期王《じきおう》がどんな風《ふう》に育《そだ》ったのかと見《み》に来《き》てみれば、こんなクソ生意気《なまいき》な坊《ぼう》やになったとはねえ、残念残念《ざんねんざんねん》」

すると、クックックと笑《わら》ったマーリン様《さま》は手《て》にした杖《つえ》を王子《おうじ》に振《ふ》り下《お》ろしたのです。

「あんたみたいな心《こころ》のない王子《おうじ》など、わたしの誕生会《たんじょうかい》には来《き》ていただかなくて結構《けっこう》よ！」

マーリン様《さま》の杖《つえ》の先《さき》から出《で》たまぶしい光《ひかり》が王子《おうじ》を照《て》らすと、忽然《こつぜん》と、そう、いきなりです。お姿《すがた》が見《み》えなくなってしまわれたのです。

「マーリン様《さま》!!　なんてことを⁉　王子《おうじ》をどこにやったのです？」

「ちゃんと見《み》てごらんなさい？　そこにいるじゃあないの」

クスクスと笑《わら》ったマーリン様《さま》の視線《しせん》の先《さき》には、小《ちい》さなお人形《にんぎょう》……、ではなく！

「王子《おうじ》～!!　なんというお姿《すがた》に」

まるでネズミのように小《ちい》さくなってしまわれた王子《おうじ》がそこにいらっしゃいました。

五頭身《ごとうしん》という、とても愛《あい》らしいお姿《すがた》ではあれど、紫色《むらさきいろ》のするどい目《め》はそのままでございます。

「フィリップ、どうにかしろ!!」

「マーリン様《さま》、早《はや》く、王子《おうじ》の姿《すがた》を元《もと》に戻《もど》してください」

大魔女《おおまじょ》のかけた呪術魔法《じゅじゅつまほう》は、本人《ほんにん》にしか解《と》けないのです。

「嫌《いや》よ、だってわたしってば、化物《ばけもの》なんでしょ？　化物《ばけもの》らしく呪《のろ》ってあげただけじゃない」

ああ、やはり！　さっきの悪口《わるぐち》、聞《き》かれておりました——!!

「ルカ王子《おうじ》、これからあんたを人間界《にんげんかい》に追放《ついほう》してあげるわ。そこで一番初《いちばんはじ》めに出会《であ》った娘《むすめ》に求婚《きゅうこん》し、相手《あいて》も了承《りょうしょう》したならすぐに戻《もど》って来《こ》られるでしょう。でも、相手《あいて》の気持《きも》ちが手《て》に入《はい》らないならば、その者《もの》を協力者《きょうりょくしゃ》とし、あんたに一番《いちばん》足《た》りない『人《ひと》を想《おも》う心《こころ》』を学《まな》んでらっしゃい。それを見《み》て王《おう》にふさわしいかどうか、判断《はんだん》してあげるわね。言《い》い忘《わす》れるところだったわ、その小《ちい》さな体《からだ》で、使《つか》える魔法《まほう》は一日一度《いちにちいちど》きりよ。一《いっ》か月後《げつご》のわたしの誕生会《たんじょうかい》までに戻《もど》って来《こ》られるか期待《きたい》してるわ！　ダメなら次期王《じきおう》の資格《しかく》なしとして、第二王子《だいにおうじ》を推薦《すいせん》しておくわね、ごきげんよう！」

「なっ、ふざけるな、オレにこんなことをして許《ゆる》されるとで」

ちっちゃい王子《おうじ》がわめきたてている途中《とちゅう》で、突然《とつぜん》、声《こえ》が途切《とぎ》れました。

さっきまでそこにいたはずの王子《おうじ》のお姿《すがた》が見《み》えないのです。

「……、マーリン様《さま》……、まさかとは思《おも》いますが、本当《ほんとう》に王子《おうじ》は人間界《にんげんかい》に……」

「ん？　今《いま》ね、こんな感《かん》じ」

マーリン様《さま》が杖《つえ》を振《ふ》りかざすと、壁《かべ》になにやら映像《えいぞう》が浮《う》かび上《あ》がりました。

そこに映《うつ》されていたのは、消《き》えた王子《おうじ》のその後《ご》でございました。

黒《くろ》い不気味《ぶきみ》な鳥《とり》にマントをつままれたまま、グッタリとして運《はこ》ばれているではありませんか。

「ああっ、王子《おうじ》――!!」

あまりの無残《むざん》な姿《すがた》に泣《な》き出《だ》した私《わたくし》に、マーリン様《さま》は笑《わら》って言《い》いました。

「大丈夫《だいじょうぶ》、ただ気《き》を失《うしな》ってるだけ。でも、あら、困《こま》ったわね。あの鳥《とり》、王子《おうじ》をエサだって思《おも》ってるみたい」

「イヤアアアア!!　王子《おうじ》を食《た》べるな――!!　どうにかなりませんかね？　私《わたくし》も、人間界《にんげんかい》に飛《と》ばしてくれませんかね？」

王子《おうじ》が赤《あか》ん坊《ぼう》の頃《ころ》から、執事《しつじ》としておそばにいたのです。どんな時《とき》も、どんな憎《にく》らしい口《くち》をたたいたとしても。

王子《おうじ》にだって、いいところは……、多分《たぶん》、あるのですから!!

「もうちょっと安全《あんぜん》なところに落《お》とす予定《よてい》だったけど、手違《てちが》いだわ。ごめんなさいね。えっとフィリップとか言《い》ったわね」

「ええ、王子《おうじ》付《つ》きの執事《しつじ》フィリップでございます」

「この赤《あか》い実《み》をお食《た》べなさい。これは森《もり》の奥《おく》にあり、魔女《まじょ》の手《て》でしか収穫《しゅうかく》できないもの。食《た》べたら、あっという間《ま》に」

「あっという間《ま》に!?」

ひいっと首《くび》をすくめた私《わたくし》に、マーリン様《さま》は笑《わら》っておりました。

「王子《おうじ》の近《ちか》くにいる何《なに》かに意識《いしき》だけは入《はい》り込《こ》めると思《おも》うわ、多分《たぶん》」

「多分《たぶん》？」

「いや、きっと？」

うふふとごまかすように笑《わら》うのは、必《かなら》ずそうなるとは限《かぎ》らないからなのでしょう。

けれど王子《おうじ》の一大事《いちだいじ》、こうしてはいられないと私《わたくし》は決心《けっしん》したのでございます。

「それとね、王子《おうじ》に言《い》い忘《わす》れたけれど、魔法《まほう》は一日一度《いちにちいちど》きり。かけて解《と》くまでがワンセットよ。ま、解《と》かなくても王子《おうじ》が消滅《しょうめつ》すれば解《と》けるけどね」

「な、なんてことを!!　その実《み》、いただきます!!」

「はい、どうぞ。ただし、王子《おうじ》が戻《もど》って来《こ》なければ、魔法界《まほうかい》に残《のこ》っているあなたの体《からだ》も目《め》覚《ざ》めない、かもよ、フィリップ」

「かも？」

「だって、あなたの心《こころ》が主《あるじ》を求《もと》めてるんだもの。主《あるじ》たる王子《おうじ》がいなきゃ戻《もど》ってこられないのは、仕方《しかた》ないじゃない？　それくらいのリスクはともなうってこと。あ、あと、意識《いしき》だけが飛《と》ぶのだから、あなた自身《じしん》の魔法《まほう》は使《つか》えない、いいわね」

「えええええええっ!?」

赤《あか》い実《み》と王子《おうじ》の様子《ようす》を交互《こうご》に見比《みくら》べました。

危険《きけん》をおかしてでも、王子《おうじ》のお側《そば》に行《い》くべきかどうか、私《わたくし》は一瞬《いっしゅん》だけ迷《まよ》ってしまったのです。

あ、これは王子《おうじ》には内緒《ないしょ》にしてくださいね。

ただその時《とき》、なにを思《おも》ったか、王子《おうじ》をくわえていた鳥《とり》が口《くち》を開《あ》けたのでございます。

魔法界《まほうかい》で最後《さいご》に私《わたくし》の目《め》に映《うつ》った映像《えいぞう》は、真《ま》っ逆《さか》さまに地上《ちじょう》へと落《お》ちていく王子《おうじ》のお姿《すがた》でした。

「あああああ!!　王子《おうじ》、今《いま》、助《たす》けに参《まい》ります!」

私《わたくし》は条件反射《じょうけんはんしゃ》で、赤《あか》い実《み》を食《た》べたのでございました。

5 王子《おうじ》、学校《がっこう》へ行《い》く

「パパ、いってらっしゃい！」

「いってきます！　カノンも学校遅刻《がっこうちこく》しないように。鍵《かぎ》、よろしくね！」

「はーい！」

わたしより一時間《いちじかん》も早《はや》く出《で》かけていくパパを見送《みおく》る。

早《はや》く家《いえ》に帰《かえ》りたいからと、朝早《あさはや》めに出《で》かけていくのが最近《さいきん》のパパの日課《にっか》だ。

でもその分《ぶん》、いつも眠《ねむ》そう、家《いえ》にも仕事《しごと》を持《も》ち帰《かえ》ってるし。

疲《つか》れた顔《かお》をしているから、心配《しんぱい》になっちゃう。

「フィ太郎《たろう》さん、ご飯《はん》ですよ～」

「おはようございます、カノンどの。本日《ほんじつ》もごきげんうるわしゅう、にゃあああああ」

カリカリフードを食器《しょっき》によそうと、うにゃうにゃと食《た》べ出《だ》した。

エサを前《まえ》にすると、ニャ太郎《たろう》に戻《もど》ってしまうらしい。

フィ太郎《たろう》さんのその様子《ようす》を見《み》るのは二度目《にどめ》の王子《おうじ》も黙《だま》って目《め》をそらした。

見《み》てはいけないものを見《み》ていると感《かん》じているようだ。

「はい、どうぞ、王子《おうじ》」

王子《おうじ》の目《め》の前《まえ》に、わたしの食事《しょくじ》から少《すこ》しずつ取《と》り分《わ》けたものを小《ちい》さくして置《お》く。

「ん」

ん、じゃないでしょ、ありがとうとか絶対《ぜったい》に言《い》わないよね、この人《ひと》。

こんなんだからマーリンさんの呪《のろ》いをもらっちゃったんだわ。

夕《ゆう》べのフィ太郎《たろう》さんの話《はなし》に同情《どうじょう》をしてしまう。

『じゃあ、王子《おうじ》が魔法界《まほうかい》に戻《もど》れない時《とき》は、フィ太郎《たろう》さんは？』

『一生《いっしょう》、フィ太郎《たろう》のままかもしれません、いや、そればかりか魔法界《まほうかい》にある肉体《にくたい》に限界《げんかい》が来《き》た時《とき》、私《わたくし》という存在《そんざい》はきっともう……』

ああ、とうなだれたフィ太郎《たろう》さんをよしよしとなでた。

『ですが、このことは、カノンどのと私《わたくし》との秘密《ひみつ》にしてはくださらないでしょうか？　王《おう》子《じ》に余計《よけい》な心配《しんぱい》をかけたくないのです』

どうか、どうか、とわたしの手《て》をペロペロしながら、にゃあにゃあじゃれついてきたフィ太郎《たろう》さんに、わたしは仕方《しかた》なくうなずいた。


「これは、なんだ？」

「バタートースト。上《うえ》にのってるのは、目玉焼《めだまや》きのカケラ。あと、サラダと牛乳《ぎゅうにゅう》」

「ほお、カレーもよいが、これもなかなかに美味《びみ》である」

美味《びみ》とか言《い》う人《ひと》、初《はじ》めて見《み》た。

本当《ほんとう》に育《そだ》ちがいいんだろうな。

今朝《けさ》もなかなかいい食《た》べっぷり、大目《おおめ》にあげておいてよかった。

そういえば、王子《おうじ》の使《つか》う食器《しょっき》がグレードアップしている。

というか、朝起《あさお》きて気《き》づいたのだけれど、わたしのドールハウスがお城《しろ》のような造《つく》りになっていた。

ふかふかの天蓋付《てんがいつ》きベッド、緑色《みどりいろ》のベルベットソファー、ダイニングテーブルは大理石《だいりせき》だろうし、椅子《いす》もツヤツヤな木目《もくめ》に、座《すわ》る部分《ぶぶん》にはクッションが入《はい》っている。

天井《てんじょう》には高級《こうきゅう》そうなシャンデリア、お風呂場《ふろば》には猫脚《ねこあし》のバスタブ、壁紙《かべがみ》もカーテンも上質《じょうしつ》な素材《そざい》だし、床《ゆか》や階段《かいだん》にも上等《じょうとう》な絨毯《じゅうたん》が敷《し》かれていた。

クローゼットに並《なら》んでいたはずのクマちゃんのお洋服《ようふく》は全《すべ》て、王子《おうじ》の服《ふく》に置《お》き換《か》わり、食器類《しょっきるい》は王室《おうしつ》の紋《もん》が入《はい》った高貴《こうき》なものに。

フォークもスプーンもナイフも銀色《ぎんいろ》でピカピカになっていた。

多分《たぶん》、これ朝起《あさお》きて王子《おうじ》がやったんだろうな。

「ねえ、王子《おうじ》」

「なんだ？」

「今日《きょう》はもう、魔法使《まほうつか》っちゃったの？　もしかしてドールハウスごと、グレードアップした？」

「……、仕方《しかた》あるまい、あの粗末《そまつ》な寝床《ねどこ》をどうにかしないとならなかったのだ」

うーん、また言《い》ったね？

昨日《きのう》から引《ひ》っかかってる、王子《おうじ》のその言《い》い方《かた》!!

「じゃあ、今日一日《きょういちにち》は魔法使《まほうつか》えないんだよね？」

「何度《なんど》も言《い》わせるな。オレはあの粗末《そまつ》な家《いえ》をどうに、うわあっ！　何《なに》をする!!　降《お》ろせ、カノン!!」

王子《おうじ》をむぎゅっと握《にぎ》りしめて、自分《じぶん》の目線《めせん》に合《あ》わす。

「いちいち、粗末《そまつ》って言《い》わないで！　あれは、わたしが五歳《ごさい》の誕生日《たんじょうび》にパパとママから貰《もら》った大事《だいじ》なドールハウスなの！　今度《こんど》バカにしたら、本当《ほんとう》に窓《まど》の外《そと》に放《ほう》り投《な》げるよ！」

わたしに握《にぎ》られて、手《て》の中《なか》でジタバタしていた王子《おうじ》だったけれど、ふと動《うご》きを止《と》めた。

「あの家《いえ》は、カノンの父君《ちちぎみ》と母君《ははぎみ》からの贈《おく》り物《もの》であったのか？」

「そうよ」

「そうか……、それは、その、わ……」

「わ？」

顔《かお》をしかめて黙《だま》りこくってしまった王子《おうじ》に首《くび》をかしげた。

「わ、わ、わ、……悪《わる》かった‼　粗末《そまつ》だなどと言《い》ってしまって。それと勝手《かって》に改造《かいぞう》したことも、わびる！　オレが魔法界《まほうかい》に戻《もど》ったら、魔法《まほう》は全《すべ》て解《と》けるはずだ。それまでは……」

「いいよ、それまでは王子《おうじ》の好《す》きに使《つか》えば？」

悪《わる》かったって、謝《あやま》ったんだよね？

王子《おうじ》って、今《いま》まで誰《だれ》かに謝《あやま》ったことないんじゃない？

耳《みみ》まで真《ま》っ赤《か》になった王子《おうじ》を椅子《いす》に座《すわ》らせると何《なに》ごともなかったかのように、ご飯《はん》の続《つづ》きを食《た》べ出《だ》したけど。

なんか、ちょっと、かわいい。

「なにをニヤニヤしている？　気味《きみ》が悪《わる》いではないか」

あ、やっぱ、かわいくないや。

王子《おうじ》より先《さき》に食《た》べ終《お》えたわたしは身支度《みじたく》を整《ととの》え、制服《せいふく》に着替《きが》えてきた。

「あと十分《じっぷん》で出《で》かけるね。王子《おうじ》はフィ太郎《たろう》さんと家《いえ》で留守番《るすばん》してる？　わたしは学校《がっこう》に行《い》くけど」

「学校《がっこう》？」

「学校《がっこう》、とは一般国民《いっぱんこくみん》が勉学《べんがく》を習《なら》う場所《ばしょ》でございますな」

とフィ太郎《たろう》さん。

「ああ、聞《き》いたことがある」

はいはい、王族《おうぞく》の方々《かたがた》はきっと家庭教師《かていきょうし》がついているんだろうなあ。

「面白《おもしろ》そうではないか、オレも行《い》こう」

ピョンとわたしのブレザーのポケットに飛《と》び込《こ》んできた王子《おうじ》を見《み》て、フィ太郎《たろう》さんも、

「王子《おうじ》が行《い》くとなれば、私《わたくし》めもお供《とも》いたしまする」

と玄関《げんかん》についてこようとするのを止《と》めた。

「さすがに、フィ太郎《たろう》さんは連《つ》れていけないのよ。学校《がっこう》にペット連《つ》れてくる人《ひと》、いないからね」

「ペットではございませぬ。私《わたくし》は王子《おうじ》の執事兼教育係《しつじけんきょういくがかり》として、いついかなる時《とき》も王子《おうじ》のおそばに」

シャアシャア毛《け》を逆立《さかだ》てているフィ太郎《たろう》さんに苦笑《にがわら》い。

「せめてもうちょっと目立《めだ》たないものに入《はい》り込《こ》めない？」

ため息《いき》をつきながら、スマホを手《て》に『ちょっと遅《おく》れそう』とリホにメッセージを入《い》れていたら、

「カノンどの、それはなんでしょう？」

と、フィ太郎《たろう》さんに聞《き》かれた。

「これ？　スマホ。ん～、どう説明《せつめい》したらいいかな？　連絡《れんらく》を取《と》る道具《どうぐ》？」

「それは学校《がっこう》に持《も》っていかれますか？」

「行《い》くよ、ただし学校《がっこう》にいる間《あいだ》は――」

説明《せつめい》をしている最中《さいちゅう》にスマホが震《ふる》え出《だ》す。

「え？」

何《なに》も触《さわ》っていない画面《がめん》の中《なか》、銀色《ぎんいろ》の長髪《ちょうはつ》、赤《あか》い瞳《ひとみ》のイケメン外国人《がいこくじん》が手《て》を振《ふ》っている。

「これならば、私《わたくし》も連《つ》れてってくださいますよね？　カノンどの」

「フィ、フィリップさんなの？　え？　スマホの中《なか》にも入《はい》れるの？」

「入《はい》れました！　自分《じぶん》で動《うご》くことができないのは、不便《ふべん》ではございますが」

フィリップさんって、めっちゃイケメンだったんだ……。

まあ、王子《おうじ》も五頭身《ごとうしん》とはいえ、イケメンっぽいし、ジュノくんに似《に》てなくもないし、魔《ま》法界《ほうかい》の人《ひと》ってもしかして、皆《みんな》こんな感《かん》じ？

「じゃあ、フィ太郎《たろう》……、いや、スマフィさんもご一緒《いっしょ》に。ただし絶対《ぜったい》に二人《ふたり》とも静《しず》かにすること」

「はい!!」

よろこんだスマフィさんには、学校《がっこう》に着《つ》くまで言《い》えなかった。

放課後《ほうかご》までは職員室《しょくいんしつ》にスマホを預《あず》けなければいけないこと。

説明《せつめい》して、預《あず》かり箱《ばこ》にそっとスマフィさんを入《い》れた時《とき》、ものすごく悲《かな》しそうな顔《かお》でわたしをじっと見《み》つめていたから心《こころ》が痛《いた》む。

「カノンどの、くれぐれも王子《おうじ》のことをよろしくお願《ねが》いいたします」

苦笑《にがわら》いして、その重大任務《じゅうだいにんむ》を引《ひ》き受《う》けたのだった。

「ずいぶんと人《ひと》が多《おお》い場所《ばしょ》だな。それに皆《みんな》、オマエと同《おな》じ服《ふく》を着《き》ているが？」

「これは制服《せいふく》。学校《がっこう》にいる時《とき》は、皆《みんな》これを着《き》ているの。王子《おうじ》にも作《つく》ってあげようか？　似《に》合《あ》うかもよ?」

「いらぬ」

ポケットの中《なか》で、紫色《むらさきいろ》の目《め》が光《ひか》っているけど今日《きょう》はもう魔法《まほう》も使《つか》えないし、全然《ぜんぜん》怖《こわ》くないもんね!

「王子《おうじ》、絶対《ぜったい》声《こえ》出《だ》さないでよ、見《み》つかったらとんでもないことになるからね」

「わかっている。オマエこそ、オレがここにいるのを忘《わす》れるなよ。間違《まちが》っても、わざとどこかに置《お》き忘《わす》れたりなど」

「しないってば」

「信用《しんよう》ならん」

昨日《きのう》捨《す》てられそうになったのを根《ね》に持《も》っているみたいだ。

ポケットの中《なか》でふてくされたように、ふんぞり返《かえ》る姿《すがた》もなかなか、かわいい、なんて言《い》ったら絶対《ぜったい》怒《おこ》りそうだから言《い》えない。

小《ちい》さいからかわいいんだよね、等身大《とうしんだい》だったら『エラそうに!』ってなっちゃいそう。

「カノン、おっはよ~!」

教室《きょうしつ》に入《はい》ると、すでに登校《とうこう》していたリホがわたしの名前《なまえ》を呼《よ》ぶ声《こえ》に、王子《おうじ》は約束通《やくそくどお》り静《しず》かになる。

「おはよ、リホ。今日《きょう》も一番《いちばん》だね」

少《すこ》し早《はや》めに家《いえ》を出《で》るリホ。

忙《いそが》しいリホママに代《か》わり、朝《あさ》の妹《いもうと》たちの用意《ようい》を手伝《てつだ》っているため、学校《がっこう》に来《く》るのがいつも早《はや》いのだ。

「ねえ、カノン！　昨日《きのう》の『騎士《ナイト》タイム』、見《み》たー？　ジュノくん、昨日《きのう》もいっぱい笑《わら》ってたよね～!!」

騎士《ナイト》タイム……、あ――っ!!

リホの話題《わだい》に、自分《じぶん》が完全《かんぜん》にやらかしたことに気《き》づいて、朝《あさ》から泣《な》きたくなってしまった。

「見《み》てない……」

「ええっ!?　信《しん》じられない！　なにやってんだかなあ、もう！」

昨夜《さくや》は、週《しゅう》に一度《いちど》のナイターたちの楽《たの》しみの日《ひ》、騎士《ナイト》の生配信《なまはいしん》の日《ひ》じゃないかー!!

「忙《いそが》しかったんだよう」

そう、王子《おうじ》のせいで!!

恨《うら》みがましくチラリとポケットの中《なか》をのぞいたら目《め》が合《あ》った。

「わかるよ、わかる！　あたしも妹《いもうと》たちをお風呂《ふろ》に入《い》れてたら危《あや》うく遅《おく》れるとこだったもん。カノンもきっとパパさんのご飯作《はんつく》ってて、とかでしょ？」

ううん、パパだけじゃないの、他《ほか》にもご飯《はん》あげなきゃならない人《ひと》たちが増《ふ》えた、なんて言《い》えないから、「そうなの」とごまかす。

中学生《ちゅうがくせい》になって出会《であ》ったわたしたち。お互《たが》いのカバンにつけていた缶《かん》バッジにすぐ目《め》が留《と》まった。

赤《あか》いサトルン推《お》し騎士《ナイト》バッジのリホ、わたしはジュノくん推《お》しの黒《くろ》いの、それを見《み》た瞬間《しゅんかん》、恥《は》ずかしそうに笑《わら》い合《あ》っていた。

わたしには10ヵ月前《げつまえ》からママがいない。

リホの家《いえ》も二年前《にねんまえ》、離婚《りこん》してパパがいなくなったそうだ。

お互《たが》い、放課後《ほうかご》は全《すべ》て自分《じぶん》の時間《じかん》に使《つか》えるわけじゃなく、リホは仕事《しごと》で忙《いそが》しいママに代《か》わって、三歳《さんさい》の双子《ふたご》の妹《いもうと》たちのお世話《せわ》を。

わたしは、パパが帰《かえ》ってくるまでにご飯《はん》を作《つく》ったり、洗濯《せんたく》したりで結構忙《けっこういそが》しいのだ。

似《に》たような境遇《きょうぐう》のわたしたちがすぐ意気投合《いきとうごう》したのは、言《い》うまでもない。

『キミたちの明日《あした》が笑顔《えがお》でいられるように、ボクたちが守《まも》るから』

騎士《ナイト》のキャッチフレーズに導《みちび》かれちゃったんだよね、お互《たが》いに。

最初《さいしょ》はおずおずと、照《て》れくさそうに近《ちか》づき合《あ》ったわたしたちだったけど、今《いま》では大親友《だいしんゆう》なんだ。

「来週《らいしゅう》は忘《わす》れちゃダメだよ？　あたし、連絡《れんらく》してあげよっか？」

「うん、そうしてくれる？　今《いま》まで一度《いちど》も忘《わす》れたことなかったのに、なんだか自信無《じしんな》くしたし」

それもこれも王子《おうじ》のせいだし、とジロリと見下《みお》ろしたらポケットから頭《あたま》を出《だ》して興味深《きょうみぶか》そうにキョロキョロと見回《みまわ》している。

あわてて、ポケットに手《て》を入《い》れるふりをして王子《おうじ》を指《ゆび》で押《お》し込《こ》めたら、

「なにをする⁉　無礼者《ぶれいもの》め」

と声《こえ》が聞《き》こえた。

「カノン、なんか言《い》った？」

「ううん、なにも？」

リホには今《いま》まで何《なん》でも相談《そうだん》してきていた。

ちょっと複雑《ふくざつ》な家庭環境《かていかんきょう》や、将来《しょうらい》のこと。

だけど、王子《おうじ》とフィリップさんのことだけは、どうしても言《い》えそうにないから、笑《わら》ってごまかした。

「そういえば、今朝《けさ》ね、あたしもついにスマホ申請《しんせい》してきたんだ」

「おお、阿部先生《あべせんせい》なんか言《い》ってた？」

「というかね、なんで言《い》わなかったの!?　ってママに怒《おこ》られたんだよ。学校《がっこう》に申請《しんせい》なしでスマホ持《も》っていくのは、禁止《きんし》だって言《い》ってなかったから」

「それは、リホが悪《わる》い」

「だって、ママ忙《いそが》しそうだしさ」

「あー……」

仕事《しごと》で疲《つか》れてるリホママに、申請書《しんせいしょ》を書《か》いてってなかなか言《い》えなかったのかな。

「でも、阿部先生《あべせんせい》がさ、これで堂々《どうどう》とスマホ持《も》って来《こ》られるな、って笑《わら》ってくれた」

「そっか、良《よ》かったじゃん！」

「うん、良《よ》かった。帰《かえ》り、一緒《いっしょ》に取《と》りに行《い》こうね」

チャイムが鳴《な》り自分《じぶん》の席《せき》に戻《もど》るわたしたち。

授業中《じゅぎょうちゅう》、王子《おうじ》はちゃんと約束《やくそく》を守《まも》ってくれた。

そればかりか、ちゃんと一緒《いっしょ》に授業《じゅぎょう》を受《う》けていたみたい。

その夜《よる》、しょうが焼《や》きを美味《おい》しそうに頬張《ほおば》った後《あと》、わたしの宿題《しゅくだい》を見《み》ながら、

「カノン、オマエは授業中寝《じゅぎょうちゅうね》ていたのか？　公式《こうしき》がすっぽり抜《ぬ》けておる。どうしたら、こんな間違《まちが》いができるのか、教《おし》えてほしい」

と軽《かる》くバカにされて、イラッとしたけれど。

「ここだ、オマエが間違《まちが》えているのは。いいか、まずこの公式《こうしき》をあてはめるのだ」

「あ、そうか、そういうこと？」

わたしがわかるまで、ちゃんと教《おし》えてくれたことには感謝《かんしゃ》した。

6 王子《おうじ》と執事《しつじ》

「カノンどのに、折《お》り入《い》ってお願《ねが》いがございます」

彼《かれ》らと一緒《いっしょ》に暮《く》らし始《はじ》めて三日目《みっかめ》の夜《よる》。

王子《おうじ》が寝静《ねしず》まったのを見《み》て、多分真剣《たぶんしんけん》な顔《かお》をしたフィ太郎《たろう》さんからの頼《たの》みごと。

「王子《おうじ》の世話《せわ》をカノンどのに全《すべ》てお任《まか》せしてもよろしいでしょうか？」

「イヤです」

即答《そくとう》したわたしに、フィ太郎《たろう》さんは「にゃあああ」と悲鳴《ひめい》を上《あ》げる。

「カノンどののように、キッパリハッキリと王子《おうじ》に物《もの》を申《もう》せる者《もの》は、魔法界《まほうかい》にもおらず、あ、いや、マーリン様《さま》は別《べつ》として。ですから、今《いま》まで通《どお》りでいいのです。どうか、良《よ》きこと、悪《あ》しきことを、これからも伝《つた》えてあげてほしいのです」

「伝《つた》わらないからフィ太郎《たろう》さんが間《あいだ》に入《はい》っているんでしょ？　これからも、それでいいじゃない」

ふうっとため息《いき》をついたわたしに、フィ太郎《たろう》さんは首《くび》を横《よこ》に振《ふ》り、悲《かな》しそうにうなだれた。

「だって、おわかりでしょう？　カノンどのも。王子《おうじ》が私《わたくし》の言《い》うことなど聞《き》くわけないと」

「まあ、確《たし》かに」

今《いま》でこそ、ネコ型《がた》フィ太郎《たろう》さんや、スマフィとして王子《おうじ》のそばにいるフィリップさんだけどさ、多分《たぶん》、つうか絶対年上《ぜったいとしうえ》だと思《おも》うの。王子《おうじ》が生《う》まれた時《とき》からそばにいたと言《い》うし、きっと尽《つ》くしてきたんだろうなって。

なのに。

『イチイチ、言《い》わなくてもわかっておる。黙《だま》れ、フィリップ』

その一言《ひとこと》でフィリップさんの助言《じょげん》を全《すべ》て終《お》わらせてしまうの。

大体《だいたい》はいつも、王子《おうじ》のエラそうな態度《たいど》にわたしが腹《はら》を立《た》てて、フィリップさんが間《あいだ》に立《た》ってその説明《せつめい》をしてくれるんだけど。

今日《きょう》は、王子《おうじ》の服《ふく》を手洗《てあら》いしたら怒《おこ》られたの。シワが寄《よ》っているって。よかれと思《おも》ってしてあげたのに。

『余計《よけい》なことはするな』だって。

余計《よけい》なことってなによ、と怒《おこ》っている最中《さいちゅう》にフィリップさんが言《い》ってくれたの。

『カノンどのは優《やさ》しさで王子《おうじ》の服《ふく》を洗《あら》ってくださったのです。こういう時《とき》は感謝《かんしゃ》を述《の》べるべきで』

『イチイチ、言《い》わなくてもわかっておる。黙《だま》れ、フィリップ』

いつも、こんな感《かん》じで横暴《おうぼう》な王子《おうじ》にフィリップさんは黙《だま》らされてしまうのだ。

『ちょっと、フィリップさんは王子《おうじ》のことを思《おも》って』

まだわたしが話《はな》しているというのに、王子《おうじ》はプリプリ怒《おこ》りながらドールハウスに引《ひ》きこもって、そして眠《ねむ》ってしまったのだ。

「私《わたくし》は、来《く》るべきではなかったのかもしれません」

「どうして?」

さびしそうな声《こえ》のフィ太郎《たろう》さんの頭《あたま》をなでた。

「王子《おうじ》は学《まな》ばなければならないのです、人《ひと》の心《こころ》というものを。なのに、私《わたくし》がそばにいるせいか、いつもの調子《ちょうし》。このままでは、マーリン様《さま》の誕生会《たんじょうかい》に間《ま》に合《あ》わないどころか、一生《いっしょう》魔法界《まほうかい》に戻《もど》ることなど……」

「そうなると、フィリップさんの体《からだ》も」

「私《わたくし》のことなどどうでもいいのです。王《おう》になるべく厳《きび》しい教育《きょういく》を受《う》け、甘《あま》えることも許《ゆる》されずにいたルカ王子《おうじ》でありますゆえ、それが叶《かな》わないとなると……」

ネコの姿《すがた》でも泣《な》いているように見《み》えて、胸《むね》が痛《いた》んだ。

「わかったよ、フィリップさん。わたしにできるのは、王子《おうじ》に間違《まちが》ってることや、こうした方《ほう》がいいって伝《つた》えることぐらいだけど。もし、その時《とき》わたしと王子《おうじ》がケンカになりそうになっても、フィリップさんはもう間《あいだ》に立《た》たなくていいからね。聞《き》こえないふりしてて？　大体《だいたい》、心配《しんぱい》してくれるフィリップさんに、あの言《い》い方《かた》はないと思《おも》う！　失礼《しつれい》な人《ひと》よね、王《おう》子《じ》って」

フィリップさんは一言《ひとこと》「にゃあ」と返事《へんじ》をしたように鳴《な》くと、わたしの手《て》にじゃれついてきた。

その目《め》は緑色《みどりいろ》、ニャ太郎《たろう》だった。

スマホをのぞいてもフィリップさんはいない。

「フィリップさん?」

ニャ太郎《たろう》の中《なか》にいるんなら、それでいいんだけど、それっきり翌日《よくじつ》もフィリップさんは現《あらわ》れなかった。

「カノン、フィリップはどこにいるのだ?」

翌朝《よくあさ》、目《め》を覚《さ》ました王子《おうじ》が首《くび》をかしげているけれど、夕《ゆう》べの話《はなし》は教《おし》えてあげない。

「さあね、まだ寝《ね》てるのかも」

腑《ふ》に落《お》ちない顔《かお》をした王子《おうじ》の前《まえ》に、小《ちい》さなおにぎりを置《お》く。

わたしは給食《きゅうしょく》があるけど、王子《おうじ》にはないから最近《さいきん》はお弁当《べんとう》も持参《じさん》。

今朝《けさ》はお弁当用《べんとうよう》に多《おお》めに作《つく》ったおにぎりが、朝《あさ》ごはん。具材《ぐざい》は鮭《さけ》、梅干《うめぼ》し、おかか。

王子《おうじ》は梅干《うめぼ》しが苦手《にがて》なようだ。覚《おぼ》えておこうっと。

「おはよ、カノン。数学《すうがく》のノート見《み》せて」

「いいけど、わたしのだよ？　あまり信用《しんよう》ならないと思《おも》うけど」

もうすぐ定期《ていき》テストがある。

わたしも、リホも勉強《べんきょう》は苦手《にがて》だ。

「今更《いまさら》あせっても仕方《しかた》ないぞ、二人《ふたり》とも。普段《ふだん》から、ちゃんと予習復習《よしゅうふくしゅう》するようにと言《い》ってるだろう？」

振《ふ》り返《かえ》ったら呆《あき》れた顔《かお》をした阿部先生《あべせんせい》がわたしたちを見下《みお》ろしていた。

「まあ、いい。最後《さいご》まであきらめるなよ」

苦笑《にがわら》いした阿部先生《あべせんせい》に、わたしたちも「は～い」と仕方《しかた》なく返事《へんじ》をする。

その日《ひ》の授業《じゅぎょう》のほとんどは、来週《らいしゅう》からのテストに向《む》けたものだったけれど、まるでチンプンカンプン。

あとで王子《おうじ》に教《おし》えてもらおうかな？　とポケットをのぞき込《こ》んだら、なんだかボンヤリと考《かんが》えごとをしていたみたい。

朝《あさ》から、フィリップさんと会《あ》えていない王子《おうじ》はなんだか元気《げんき》がなかった。

もしかして気《き》にしているのかな？

「桜井《さくらい》、香田《こうだ》」

放課後《ほうかご》、帰《かえ》りに職員室《しょくいんしつ》にスマホを取《と》りに行《い》ったら、阿部先生《あべせんせい》が手招《てまね》きしている。

首《くび》をかしげながら近《ちか》づくと、A《エー》4サイズの封筒《ふうとう》を手渡《てわた》された。

桜井用《さくらいよう》、香田用《こうだよう》と名前《なまえ》が書《か》かれている。

「なんですか？　これ」

リホは遠慮《えんりょ》なく自分《じぶん》の封筒《ふうとう》の中《なか》に手《て》を突《つ》っ込《こ》んで、取《と》り出《だ》したものを見《み》ると「げっ」と心《こころ》の声《こえ》をもらした。

それを見《み》ていたわたしの顔《かお》も『げっ』となったのが、阿部先生《あべせんせい》に伝《つた》わったようだ。

いろんな教科《きょうか》のプリントが入《はい》っている。

「おまえたちの弱点《じゃくてん》、まとめておいたぞ。期末《きまつ》テストまでに復習《ふくしゅう》しておくように」

「はーい」

リホもわたしも情《なさ》けない返事《へんじ》をしながら、顔《かお》を見合《みあ》わせて苦笑《にがわら》い。

阿部先生《あべせんせい》、今朝《けさ》わたしたちがあせっていたのを覚《おぼ》えていたんだ。

「まだ一年生《いちねんせい》だからって甘《あま》く見《み》るなよ、せめて授業態度《じゅぎょうたいど》はきちんとしろな？」

「わかってます～！　あたし、結構真面目《けっこうまじめ》だし」

「はいはい、そういうことにしといてやるよ」

「全然思《ぜんぜんおも》ってないでしょ、先生《せんせい》！」

口《くち》をとがらせるリホと阿部先生《あべせんせい》のやり取《と》りに噴《ふ》き出《だ》した。

「あー、そうだ。二人《ふたり》とも両手《りょうて》を出《だ》せ」

「えー、まだなにかあるの？」

困《こま》った顔《かお》をしてわたしたちは言《い》われるがまま手《て》を出《だ》すと、

「他《ほか》の生徒《せいと》には内緒《ないしょ》だぞ？　日曜《にちよう》に温泉《おんせん》に行《い》ってな。先生方《せんせいがた》に配《くば》ったのが、ちょっとだけ余《あま》ったからやるよ」

そういうと、リホの手《て》に四個《よんこ》、わたしの手《て》に二個《にこ》、温泉《おんせん》まんじゅうをのせてくれた。

どう見《み》たって余《あま》ったって感《かん》じじゃない、だってそれぞれわたしたち家族《かぞく》の人数分《にんずうぶん》だもん。

リホもわかったみたいでクスクス笑《わら》っている。

「いただきます、ありがと、先生《せんせい》！」

「妹《いもうと》たち、あんこが大好《だいす》きなんだ、絶対《ぜったい》よろこぶ！　阿部先生《あべせんせい》、ありがと――！」

他《ほか》の先生《せんせい》たちに聞《き》こえないように小《ちい》さな声《こえ》でお礼《れい》を伝《つた》えたら照《て》れくさそうに笑《わら》って。

「はい、とっとと帰《かえ》ってよし！　期末《きまつ》が楽《たの》しみだなあ、二人《ふたり》ともどれだけ成績《せいせき》アップして、うちのクラスの平均点《へいきんてん》上《あ》げてくれるか」

「な、なにも聞《き》こえません、聞《き》こえません、さようなら！」

「家《いえ》に電話《でんわ》しとくか、桜井《さくらい》」

「ごめんなさい、勉強《べんきょう》します～！」

それだけは、と手《て》を合《あ》わせたわたしに阿部先生《あべせんせい》もリホも笑《わら》っている。

静《しず》かに職員室《しょくいんしつ》を出《で》て、カバンの中《なか》に封筒《ふうとう》と温泉《おんせん》まんじゅうをしまい込《こ》んでから、顔《かお》を見《み》合《あ》わせて笑《わら》う。

「いらないのにねえ、プリント」

「ホント、阿部先生《あべせんせい》っておせっかいだわ」

なんて笑顔《えがお》で憎《にく》まれ口《ぐち》をたたくわたしたちだけど、ちゃんとわかってる。

「がんばるしかないか」

「だね、がんばろ！　明日《あした》のわたしたちが笑顔《えがお》でいられるために！」

「いやん、騎士《ナイト》のキャッチフレーズじゃん！　あたしはサトルンに守《まも》られたいけど、期末《きまつ》ばかりは自分《じぶん》と阿部先生《あべせんせい》の封筒《ふうとう》が頼《たよ》りだね。うん、がんばろ！」

やるぞ、とこぶしを突《つ》き合《あ》わせたわたしたちは、途中《とちゅう》で別《わか》れる。

いつものようにリホは保育園《ほいくえん》へ、わたしはスーパーへ。

今夜《こんや》の夕飯《ゆうはん》は、ハンバーグだ。

そういえば、王子《おうじ》はハンバーグ好《す》きかな？

ふと思《おも》い出《だ》したようにポケットをのぞき込《こ》んだら、

「解《げ》せぬ、なぜだ？」

怒《おこ》ったような顔《かお》でわたしをにらんでいた。

どうした、王子《おうじ》!?

その理由《りゆう》がわかったのは、夕飯作《ゆうはんづく》りをしている時《とき》だった。

「わからんのだ。カノンも、リホも、さっきミスター阿部《あべ》からもらったのは自分《じぶん》が欲《ほ》しくもない書類《しょるい》だったのだろう？」

今《いま》、カノンって呼《よ》んだよね？

いつの間《ま》にかリホも呼《よ》び捨《す》てだし、阿部先生《あべせんせい》はミスター阿部《あべ》になっている。

「まあ、そうね。喜《よろこ》んで、ほしいってものではなかったかな」

「そうだろう？　なのに二人《ふたり》とも笑《わら》っていた。わからん」

「なんで？」

パンパンとハンバーグのタネの空気《くうき》を抜《ぬ》きながら、王子《おうじ》と会話《かいわ》をしている最中《さいちゅう》、ニャ太《た》郎《ろう》はリビングで一人運動会《ひとりうんどうかい》をしている模様《もよう》。

王子《おうじ》はその様子《ようす》をチラリと横目《よこめ》で見《み》てから。

「いらぬものをもらい、礼《れい》を言《い》う。そんなものはいらぬと突《つ》き返《かえ》せばいいではないか。現《げん》におせっかいだと言《い》っていただろう？」

「あ――……、そっか。王子《おうじ》には、そう感《かん》じたんだ」

「うん？」

「確《たし》かに阿部先生《あべせんせい》って、とってもおせっかいなんだよね」

ハンバーグのタネを一《ひと》つずつラップで包《つつ》んで冷蔵庫《れいぞうこ》にしまいこみ、手《て》を洗《あら》ってじゃがいもの皮《かわ》をむく。

今夜《こんや》はもう一品《いっぴん》、ママレシピからポテトサラダの登場《とうじょう》だ。

「わたしたちだけにじゃないよ、うちのクラスの全員《ぜんいん》のこと、ちゃんと見《み》てるし、気《き》にかけてる。でも確《たし》かに、わたしとリホは、とくに気《き》にかけてもらってるんだと思《おも》う。あ、そうだ」

じゃがいもを水《みず》にさらしたあと、カバンの中《なか》にしまっていた温泉《おんせん》まんじゅうを取《と》り出《だ》して、一《ひと》つはパパの席《せき》に、もう一《ひと》つを小《ちい》さくちぎって王子《おうじ》におすそわけ。

「そういえば、これもさっきもらっていたな」

「温泉《おんせん》まんじゅう、王子《おうじ》は初《はつ》のあんこだね、食《た》べてみて？」

気《き》に入《い》るといいな、と食《た》べる仕草《しぐさ》を見《み》ていたら大《おお》きな口《くち》を開《あ》けてカプッと頬張《ほおば》った。

一瞬噛《いっしゅんか》むのをやめて、目《め》を丸《まる》くした後《あと》、モグモグと口《くち》の中《なか》に温泉《おんせん》まんじゅうが吸《す》い込《こ》まれていく。

思《おも》わずもうひとちぎり、手渡《てわた》してからこれ以上《いじょう》は取《と》られないように自分《じぶん》の分《ぶん》をパクンと頬張《ほおば》る。

甘《あま》いあんこの味《あじ》が広《ひろ》がって思《おも》わずにんまりすると王子《おうじ》と目《め》が合《あ》った。

「大変《たいへん》、美味《びみ》であった」

「あ、気《き》に入《い》ってくれた？」

「まあな」

あ、気《き》に入《い》ったんだ！

王子《おうじ》の表情《ひょうじょう》のバリエーションはそんなに多《おお》い方《ほう》じゃないと思《おも》うけれど、美味《おい》しいものを食《た》べた時《とき》は口元《くちもと》がゆるんでいるの、本人《ほんにん》は気《き》づいてないんだろうなあ。

喜《よろこ》んでくれてるみたいだから、今度《こんど》は大福《だいふく》でも買《か》ってこようかな。

「阿部先生《あべせんせい》、わたしには二個《にこ》、リホには四個《よんこ》くれたの。なんでかわかる？」

わからないと首《くび》をひねっている王子《おうじ》。

「正解《せいかい》は家族《かぞく》の人数《にんずう》。うちは、わたしとパパ。リホのところは、リホ、リホママ、双子《ふたご》の妹《いもうと》ちゃんたち」

「それがどうかしたのか？」

「わかんないかなあ？　ほら、うちはさ、ママがいないでしょ？　リホのところは、パパさんがいないの。だから阿部先生《あべせんせい》は、心配《しんぱい》してくれてるんだと思《おも》う。そんなわけで、イヤだけどイヤじゃなかった。むしろ嬉《うれ》しかったの、わたしもリホもね」

「心配《しんぱい》……？」

ふーん、と考《かんが》え込《こ》んでいる王子《おうじ》にわたしは目配《めくば》せでリビングの方《ほう》を見《み》るようにと視線《しせん》を送《おく》る。

それに気《き》づいた王子《おうじ》が目《め》を向《む》けると、こちらをじっと見《み》つめているニャ太郎《たろう》の姿《すがた》があった。

「なんだ、なにが言《い》いたい？」

「わかんない？　フィリップさんはいつだって王子《おうじ》のこと心配《しんぱい》しているって」

「は？」

「王子《おうじ》のそばを離《はな》れようとしなかったのは、そのためでしょう？　いつだって王子《おうじ》のことが心配《しんぱい》だから」

「仕事《しごと》だからではないのか？　オレが生《う》まれた時《とき》からフィリップは教育係《きょういくがかり》としてそばにおったのだから」

「それだけで、ここまで追《お》いかけてこられると思《おも》う？　心配《しんぱい》だったんだよ、王子《おうじ》のことが。阿部先生《あべせんせい》が、わたしやリホを心配《しんぱい》してくれているのと同《おな》じだよ。ううん、もしかしたらフィリップさんの場合《ばあい》は、それ以上《いじょう》だと思《おも》う。だから、いつもわたしと王子《おうじ》の間《あいだ》に立《た》って、うまくいくように取《と》り持《も》ってくれてたんだよ？　なのに、王子《おうじ》ってばいつも」

「なっ、オレのせいでフィリップはいなくなったと、そう言《い》いたいのか？」

「あ、気《き》にしてたんだ」

「気《き》になどしておらん！　が、……、勝手《かって》にいなくなりおって」

ふうっと小《ちい》さくため息《いき》をついた王子《おうじ》の小《ちい》さなティーカップとわたしのカップに、紅茶《こうちゃ》を注《そそ》ぐ。

火傷《やけど》しないでね、と手渡《てわた》したら、ふうふうと一生《いっしょう》けんめい冷《さ》ます姿《すがた》がかわいくて、でも笑《わら》ってはいけないと顔《かお》をひきしめる。

一口紅茶《ひとくちこうちゃ》を飲《の》んだ王子《おうじ》は、ため息《いき》をつきながらつぶやいた。

「小《ちい》さい頃《ころ》、夜中《よなか》に眠《ねむ》れないでいると、必《かなら》ずフィリップが本《ほん》を読《よ》みに来《き》てくれた。まるでオレが起《お》きているのを知《し》っていたように」

「それはきっと、毎晩様子《まいばんようす》を見《み》に来《き》てたんじゃない？　王子《おうじ》が眠《ねむ》っているかどうか」

「オレのことが心配《しんぱい》、だから？」

「うん、きっとそう」

「いいえ、違《ちが》います。小《ちい》さい頃《ころ》の王子《おうじ》はですね、寝相《ねぞう》が悪《わる》かったのですよ！　だから、私《わたくし》が必《かなら》ず布団《ふとん》を直《なお》してさしあげていたのです。だってそうしないと風邪《かぜ》をひき、すぐに熱《ねつ》を出《だ》しますからね！」

まるでわたしの予想《よそう》など、的外《まとはず》れだと言《い》わんばかりにいばるフィ太郎《たろう》さんが、いつの間《ま》にかキッチンに来《き》ていた。

え？　フィ太郎《たろう》さん、いつの間《ま》に？

「フィリップ⁉　おまえ、そこにずっと？」

フィ太郎《たろう》さんは王子《おうじ》の言葉《ことば》に、ネコっぽくフンッと顔《かお》を背《そむ》けてみせた。

「いいですか、風邪《かぜ》をひいたら誰《だれ》が面倒《めんどう》をみると思《おも》います？　ええ、一番《いちばん》は私《わたくし》でございますよ。そして私《わたくし》も風邪《かぜ》をうつされるのでございます。それが困《こま》るので、毎晩王子《まいばんおうじ》の様子《ようす》を見《み》に訪《おとず》れていた。ただそれだけのことでございます」

「……、毎晩《まいばん》、わざわざ本《ほん》を持《も》って？」

わたしの質問《しつもん》を聞《き》いた後《あと》、ツンとすました顔《かお》をしていたフィ太郎《たろう》さんの目《め》がまんまるになって、あちこちを見渡《みわた》しながら、

「偶然《ぐうぜん》でございます！　たまたま本《ほん》を持《も》っていただけでございます！」

なんて言《い》うものだから、思《おも》わずフィ太郎《たろう》さんを抱《だ》き上《あ》げてよしよしと頭《あたま》をなでてしまった。

「カノンどの、お離《はな》しなさい、私《わたくし》はニャ太郎《たろう》ではなくフィ太郎《たろう》、いや、フィリップでございますよ！」

「ごめん、ごめん、あまりにかわいくて。あ、おやつあげようね」

ツナキューブをリビングの方《ほう》に転《ころ》がすと、一目散《いちもくさん》に走《はし》っていくフィ太郎《たろう》さんが、うにゃうにゃしながら食《た》べ始《はじ》めた。

「さっきの聞《き》いてた？　フィ太郎《たろう》さんの言《い》いわけ」

「ああ」

苦笑《にがわら》いをした王子《おうじ》が、よくわかったとばかりにうなずいている。

「わたしが阿部先生《あべせんせい》のことキライじゃないってことも？」

「なんとなくわかった」

「王子《おうじ》もでしょ？」

「なにがだ？」

「フィリップさんのこと、キライじゃないでしょ。むしろ、ス」

「カノン、それ以上《いじょう》言《い》ったら明日《あした》の朝一番《あさいちばん》で、オマエになにかステキな魔法《まほう》でもプレゼントしようと思《おも》うが、いかがだろうか」

紫色《むらさきいろ》の目《め》からハンパないプレッシャービームがわたしに注《そそ》がれる。

「う、っと、遠慮《えんりょ》しようかな、あはは」

ステキじゃなくて、なにかおそろしい魔法《まほう》だろうと必死《ひっし》に首《くび》を振《ふ》る。

その瞬間《しゅんかん》、王子《おうじ》が噴《ふ》き出《だ》した。

めったに見《み》られないような目《め》を細《ほそ》めた笑顔《えがお》が、うれしくて。

その顔《かお》をもっと見《み》てみたいなんて思《おも》ってしまったんだ。

7 王子《おうじ》、ユニコーンに乗《の》る

「魔法界《まほうかい》の誕生会《たんじょうかい》って、どんなことするの？」

「華《はな》やかでございますよ、とくに大魔女《おおまじょ》となると国《くに》をあげてお祝《いわ》いをするのです。国中《くにじゅう》から色《いろ》とりどりの花《はな》が届《とど》き、ごちそうが並《なら》ぶ。その代《か》わり、魔女《まじょ》たちが王族《おうぞく》をはじめ、国民《こくみん》に幸《しあわ》せや健康《けんこう》を届《とど》けてくださるのです。あ、歌《うた》やダンスなんかもございますよ？　王子《おうじ》も、そろそろその舞台《ぶたい》で婚約者候補《こんやくしゃこうほ》を探《さが》さなければいけないご年齢《ねんれい》でございまして」

「まだ結婚《けっこん》などせぬ、面倒《めんどう》くさい」

モグモグとパンケーキを頬張《ほおば》る王子《おうじ》が、コーヒーのおかわりを無言《むごん》でわたしに差《さ》し出《だ》すから無視《むし》をした。

「おい、カノン」

「なに？　そういう時《とき》はなんて言《い》うんだっけ？」

「チッ、フィリップ、おかわりを持《も》ってこい」

「私《わたくし》には無理《むり》でございますよ、王子《おうじ》。素直《すなお》にカノンどのにお願《ねが》いして下《くだ》さい」

あれ以来《いらい》、フィリップさんも王子《おうじ》のためだと心《こころ》を鬼《おに》にして言《い》いたいことを言《い》うようにしているみたい。

王子《おうじ》はしばらく頬《ほお》を膨《ふく》らませて怒《おこ》っているようだったけれど。

「……、もう一杯《いっぱい》、コーヒーをもらってもよいか？」

お、ちょっとエラそうだけど言《い》えた！

「了解《りょうかい》、ちょっと待《ま》ってね」

苦笑《にがわら》いしながらカップを受《う》け取《と》ってコーヒーを注《そそ》ぐ。

まるで、召使《めしつか》い？　いや、休日《きゅうじつ》の恋人《こいびと》か夫婦《ふうふ》みたいじゃない？　なんてバカげた考《かんが》えが一瞬《いっしゅん》浮《う》かんで、首《くび》を振《ふ》る。

というか、王子《おうじ》は結婚《けっこん》なんて面倒《めんどう》くさいとか言《い》うけど。

出会《であ》ってすぐに、わたしに結婚《けっこん》を申《もう》し込《こ》んできたのは誰《だれ》？　ねえ、誰《だれ》だっけ？

きっと、王子《おうじ》と結婚《けっこん》する人《ひと》だって、その性格《せいかく》に「面倒《めんどう》くさい」って思《おも》うはずだから、お互《たが》い様《さま》かもよ？

心《こころ》の声《こえ》をもらしたら、せっかくの休日《きゅうじつ》が王子《おうじ》とのケンカで台無《だいな》しになりそうだからおさえる。

「魔法界《まほうかい》の誕生会《たんじょうかい》、見《み》てみたいなあ」

「いつかぜひご招待《しょうたい》さしあげたいのですが」

そればかりはと困《こま》った声《こえ》を出《だ》すフィ太郎《たろう》さんに、わたしもわかってるとうなずいた。

人間界《にんげんかい》と魔法界《まほうかい》は、まるきりの別世界《べっせかい》にあって、そもそも行《い》き来《き》などできる場所《ばしょ》ではないらしい。

今回《こんかい》のように、なにか特別《とくべつ》なことがないと、王子《おうじ》だって一生来《いっしょうく》ることもなかったらしいし。

「こちらの世界《せかい》での誕生会《たんじょうかい》とはなにをなさるのです？　カノンどの」

「う〜ん、大体《だいたい》の家《いえ》は家族《かぞく》だけでとか、時々友達《ときどきともだち》を招《まね》いてとか、そんな感《かん》じでお祝《いわ》いするかな。魔法界《まほうかい》みたいに、国《くに》をあげて、とかじゃないし、ダンスとかもしない。している家《いえ》もあるのかもしれないけれど、わたしの知《し》っているのは普通《ふつう》にケーキを食《た》べて、美味《おい》しいご飯《はん》を食《た》べて、プレゼントを渡《わた》して」

「贈《おく》り物《もの》を渡《わた》すのは一緒《いっしょ》でございますね」

あ、そうだ。その一件《いっけん》でマーリンさんを怒《おこ》らせたんだっけ。

思《おも》い出《だ》したらしい王子《おうじ》の眉間《みけん》にシワが寄《よ》っていた。

「カノンどのは、お父上《ちちうえ》になにをお渡《わた》しになるのです？」

二《に》か月後《げつご》にせまったパパの誕生日《たんじょうび》に向《む》けて今《いま》から用意《ようい》をすることを知《し》ったフィ太郎《たろう》さんは人間界《にんげんかい》の誕生日《たんじょうび》に興味津々《きょうみしんしん》なのだ。

「もうすぐ寒《さむ》くなるから、マフラーを編《あ》もうと思《おも》ってるの。今日《きょう》はその毛糸《けいと》を買《か》いに出《で》かけるんだよ」

「なるほど、そういうことでございましたか。学校《がっこう》でもない場所《ばしょ》に出《で》かけるとおっしゃっていたので、どちらにいらっしゃるかと思《おも》いましたら。カノンどのは、お父上《ちちうえ》思《おも》いでございますね」

「マフラーとは、なんだ？」

せっかくいい話風《はなしふう》で、フィ太郎《たろう》さんの目《め》が潤《うる》んでいたというのに王子《おうじ》の邪魔《じゃま》が入《はい》る。

「マフラーとは、寒《さむ》い時《とき》に首《くび》に巻《ま》くもので」

「スカーフのようなものか？」

「似《に》てるけど、違《ちが》うかなあ。あ、いいや、王子《おうじ》にも編《あ》んであげる」

王子《おうじ》サイズだとすぐに編《あ》み終《お》わるし。

「私《わたくし》には、ございますか？」

「フィ太郎《たろう》さんにマフラーは危険《きけん》そうだから、なんかオモチャでも作《つく》ってあげるね」

「よくわかりませぬが、私《わたくし》めにも？　光栄《こうえい》でございます」

多分《たぶん》、フィ太郎《たろう》さんのためというよりもニャ太郎《たろう》のためだけど、それは言《い》わないでおく。


遅《おそ》く起《お》きたパパに、いってきますと告《つ》げて、ショッピングモールを目指《めざ》して歩《ある》き始《はじ》める。

今日《きょう》は、わたしに王子《おうじ》を託《たく》して、フィ太郎《たろう》さんは留守番《るすばん》しているという。

王子《おうじ》と二人《ふたり》きりになるとまたケンカしちゃいそうでイヤなんだけどなあ。

この間《あいだ》まで夏《なつ》だったはずが、少《すこ》しずつ秋《あき》に変《か》わっていく街並《まちな》み。

セミの声《こえ》は消《き》え、緑色《みどりいろ》だった葉《は》がところどころ黄色《きいろ》くなってきているし、半袖《はんそで》ではなく長袖《ながそで》の人《ひと》ばかりだ。

わたしも今日《きょう》は長袖《ながそで》の黒《くろ》いパーカーとベージュのスカート、そして黒《くろ》いベースボールキャップ。

これは、先日《せんじつ》ジュノくんが動画配信《どうがはいしん》の時《とき》に着《き》ていた服装《ふくそう》に似《に》せたものだ。

ふとポケットの中《なか》の王子《おうじ》を見《み》た。

なぜか王子《おうじ》も、今日《きょう》は黒《くろ》い薄手《うすで》のパーカーにベージュのチノパンというラフな姿《すがた》で、ジュノくんが着《き》ていた服《ふく》、そのものだ。

いや、並《なら》んで歩《ある》いたらおそろいコーデみたいじゃないか、わたしたち。

色《いろ》を変《か》えるとかしてほしかった。

これは絶対《ぜったい》ジュノくんの真似《まね》をしたな、わたしみたいに。

王子《おうじ》は最近《さいきん》ジュノくんをライバル視《し》しているようなのだ。

どうやら、ジュノくんと自分《じぶん》が似《に》ていることに気《き》づいてしまったらしい。

そしてわたしがジュノくん推《お》しだということにも。

ある日《ひ》、

『こんな、ケラケラと口《くち》を開《あ》けて笑《わら》う男《おとこ》のどこがいい』

くだらん、と鼻《はな》で笑《わら》った王子《おうじ》に腹《はら》が立《た》って。

『少《すく》なくとも、ジュノくんが王子《おうじ》みたいに不愛想《ぶあいそう》だったらわたしは好《す》きになってなかった。ジュノくんの笑顔《えがお》にいっぱい救《すく》われたの！　元気《げんき》もらえたの！　わたしのジュノくんを悪《わる》く言《い》ったら、王子《おうじ》とはもう一生口《いっしょうくち》利《き》いてやんないから！』

と言《い》ったらそのままケンカになりそうだったのに、王子《おうじ》の方《ほう》から。

『好《す》きなものを否定《ひてい》したのは、悪《わる》かった』

意外《いがい》にも素直《すなお》に謝《あやま》ってきた。そんな王子《おうじ》に、ビックリして目《め》を丸《まる》くしたけど、その後《あと》すぐ、

『だが、不愛想《ぶあいそう》でもなんでも、ジュノよりもオレの方《ほう》がかっこいいのは、譲《ゆず》れないがな』

フンッと腕《うで》を組《く》んで、それから時々《ときどき》ジュノくんが着《き》ていた服《ふく》を着《き》て見《み》せるのだけれど。

五頭身《ごとうしん》の王子《おうじ》と八頭身《はっとうしん》のジュノくんを比《くら》べたら、それはもう勝敗《しょうはい》はわかりきっているというか……。

張《は》り合《あ》うだけ無駄《むだ》なのにね。

駅《えき》ビルの中《なか》にある手芸屋《しゅげいや》さんでパパ用《よう》に紺色《こんいろ》の毛糸《けいと》と、王子《おうじ》には目《め》の色《いろ》と同《おな》じ紫色《むらさきいろ》、フィ太郎《たろう》さんには赤《あか》い毛糸《けいと》を選《えら》び、レジでお金《かね》を払《はら》った時《とき》だった。

ちょんちょんと、私《わたし》のスカートが引《ひ》っ張《ぱ》られる感触《かんしょく》にふと目《め》を向《む》けたら。

「カノンちゃんだ」

二《に》、三度《さんど》一緒《いっしょ》に遊《あそ》んだことのある顔《かお》だった。

ニコッと笑顔《えがお》を向《む》けるこの子《こ》は、えっと、どっちだ？

目《め》の下《した》にホクロがないってことは。

「アコちゃん？」

「あたりー!!」

えへへ、と笑《わら》うアコちゃんだけど、待《ま》って？　一人《ひとり》なの？

リホの妹《いもうと》の双子《ふたご》のアコちゃんとマコちゃん。

まさか今日《きょう》は一人《ひとり》だけで来《き》たの？　ママや、リホや、マコちゃんは？

キョロキョロとあたりを見回《みまわ》していたら——。

「アコー？　マコー？」

聞《き》き覚《おぼ》えのある声《こえ》に、アコちゃんの手《て》を握《にぎ》って歩《ある》き出《だ》す。

「リホ、こっち、こっち！」

通路《つうろ》の真《ま》ん中《なか》でグルグルとあたりを見回《みまわ》しながら、泣《な》きそうな顔《かお》をしているリホを見《み》つけて駆《か》け寄《よ》ると、

「アコ!!」

わたしと手《て》をつないでいるアコちゃんに気《き》づき、あわてて抱《だ》きしめた。

「ありがとう、カノン。アコに気《き》づいてくれて」

「ううん、アコちゃんがわたしに気《き》づいてくれたんだよ。それより、どうしたの？　マコちゃんもいないの？」

うん、とうなずいたリホは本当《ほんとう》に泣《な》いてしまいそうだった。

「あたしが悪《わる》いの。二人《ふたり》を連《つ》れて、ここに買《か》い物《もの》がてら遊《あそ》びに来《き》たのはいいんだけど。絵《え》本《ほん》コーナーからいつまでも離《はな》れない二人《ふたり》に、『待《ま》っててね、すぐ戻《もど》るからね』って自分《じぶん》の

本《ほん》を買《か》いに行《い》って、戻《もど》ったら二人《ふたり》ともいなくて」

「ううん、アコがおねえちゃんを探《さが》しに行《い》ったからだよ。ごめんなさいっ」

リホの首《くび》にギュッと抱《だ》きついたアコちゃんが泣《な》き出《だ》す。

「アコは、マコがどこに行《い》ったか知《し》ってる？」

わからないと首《くび》を振《ふ》るアコちゃんにリホはますますあせっている。

「ねえ、リホ。わたしも探《さが》すの手伝《てつだ》う。見《み》つかったらすぐに連絡《れんらく》入《い》れるから」

「ありがとう、あたしももう一回本屋《いっかいほんや》さんの周《まわ》りから探《さが》してみる」

アコちゃんを抱《だ》っこして立《た》ち上《あ》がったリホに手《て》を振《ふ》って、わたしは違《ちが》う階《かい》へと移動《いどう》してみた。

マコちゃんは、自分《じぶん》が一人《ひとり》ぼっちだってことにおどろいて、二人《ふたり》を探《さが》してるんだと思《おも》う。

「おい、カノン」

「なに、王子《おうじ》。後《あと》でいい？　今《いま》、ちょっと忙《いそが》しいから」

「そこのかげに入《はい》れ」

「はあ？」

「いいから、早《はや》く」

なんなの、この忙《いそが》しい時《とき》に!!

イライラしながらも、王子《おうじ》に言《い》われた通《とお》り、トイレにつながる曲《ま》がり角《かど》に入《はい》った瞬間《しゅんかん》、ポケットから顔《かお》を出《だ》した王子《おうじ》がキョロキョロとあたりを見渡《みわた》して。

「誰《だれ》もいないな?」

念《ねん》を押《お》す声《こえ》に、わたしも周《まわ》りを見渡《みわた》してうなずいた。

「カノン、オレを降《お》ろせ」

「なんで?」

「誰《だれ》かが来《く》る前《まえ》に早《はや》く降《お》ろせ!!」

うわあ、エラそう。

置《お》いて帰《かえ》ってやろうかな、そう思《おも》いながらも王子《おうじ》を床《ゆか》に降《お》ろしたら——。

気難《きむずか》しい顔《かお》をして王子《おうじ》がなにかつぶやいた瞬間《しゅんかん》。

光《ひかり》が王子《おうじ》を包《つつ》み込《こ》む。

そのまぶしさに、目《め》を閉《と》じて、もう一度《いちど》ゆっくりと目《め》を開《ひら》いたら。

「行《い》くぞ、カノン」

目《め》の前《まえ》にジュノくんが、いや……。

ジュノくんよりも色白《いろじろ》で、目《め》の色《いろ》が違《ちが》うから外国人《がいこくじん》？

だけど、この目《め》つき、そして紫色《むらさきいろ》の瞳《ひとみ》、もしかして、もしかしなくても⁉

「王子《おうじ》、なの？」

「他《ほか》に誰《だれ》がいるというのだ？」

「え？　なんで？　だって王子《おうじ》は」

「今日《きょう》はまだ魔法《まほう》を使《つか》ってなかったからな。もしかしたら、自分《じぶん》に対《たい》しても魔法《まほう》を使《つか》えるのではないかと試《ため》してみたのだ。うまくいったな」

ニヤリと自信《じしん》ありげに口元《くちもと》だけで笑《わら》うその顔《かお》が、とてもまぶしい。

これこそが、王子様《おうじさま》スマイルというものかもしれない。

「さっきの幼子《おさなご》の姉妹《しまい》を探《さが》すのだろう？　人手《ひとで》が多《おお》い方《ほう》がいいのではないか？」

「ま、まあ、そうだけど、もしかして」

「ああ、オレも手伝《てつだ》う。なにか、特徴《とくちょう》はあるのか？」

「えっと、さっきの子《こ》と同《おな》じ顔《かお》、右目《みぎめ》の下《した》にホクロがあるの。服装《ふくそう》はいつもおそろいで、名前《なまえ》はマコちゃん。アコちゃんより恥《は》ずかしがり屋《や》さんで」

ふむふむと腕《うで》を組《く》み考《かんが》えている王子《おうじ》。

いや、これ本当《ほんとう》に王子《おうじ》？　あの小《ちい》さい五頭身《ごとうしん》の王子《おうじ》？

チラリと顔《かお》を盗《ぬす》み見《み》たら、かっこよすぎて直視《ちょくし》できなくなってしまった。

「幼子《おさなご》が行《い》きそうな場所《ばしょ》などわかるか、カノン」

「あ、えっと」

わたしを呼《よ》ぶ声《こえ》に見上《みあ》げたら、目《め》が合《あ》ってしまった。

紫色《むらさきいろ》の瞳《ひとみ》の中《なか》に、わたしが映《うつ》っている。

とっても、キレイ……。

「オマエよりオレの方《ほう》が背《せ》が高《たか》いだろ？」

「う、うん」

「背《せ》が高《たか》い分《ぶん》、遠《とお》くを見渡《みわた》せるし、それに」

「それに？」

「……、世話《せわ》になっているからな」

「え？」

もごもごとした言葉《ことば》が周囲《しゅうい》のざわめきに消《き》えかけて首《くび》をかしげたら。

「オマエに、世話《せわ》になってるからな。だから一緒《いっしょ》に探《さが》してやる」

「ありがと、ありがとう、王子《おうじ》！」

エラそうな口調《くちょう》だけど、そこには不器用《ぶきよう》な優《やさ》しさが見《み》え隠《かく》れしていて。

わたしがそれに気《き》づくと、はずかしそうに王子《おうじ》が笑《わら》った。

その笑顔《えがお》が、キラキラしていて、まるで宝石《ほうせき》みたいで思《おも》わず見《み》とれていたら誰《だれ》かがトイレから出《で》てくる気配《けはい》。

女《おんな》の子《こ》二人組《ふたりぐみ》がトイレから出《で》てきて、通《とお》り過《す》ぎてからふと足《あし》を止《と》めた。

「ねえ、今《いま》のってジュノくんじゃない？」

なんてささやき合《あ》って、こっちを何度《なんど》も振《ふ》り返《かえ》っている。

まずい、確《たし》かに王子《おうじ》はジュノくんに似《に》てるから、騒《さわ》がれてパニックになったらどうしよう。

あわてて王子《おうじ》の腕《うで》を引《ひ》きながら、わたしの帽子《ぼうし》をかぶせた。

「なんだ、これは」

「王子《おうじ》にあげる。お願《ねが》いだから顔《かお》を見《み》られないように深《ふか》くかぶってて、理由《りゆう》は後《あと》で」

脇《ふ》に落《お》ちない顔《かお》をしながらも、わたしの言《い》う通《とお》りにしてくれた王子《おうじ》を引《ひ》っ張《ぱ》りエスカレーターで上《うえ》の階《かい》を目指《めざ》す。

「な、なんなのだ、この動《うご》く階段《かいだん》は」

「これも後《あと》で説明《せつめい》するから動《うご》かないで乗《の》ってて」

あわてる王子《おうじ》に苦笑《にがわら》い。

そういえば、この間自転車《あいだじてんしゃ》を見《み》た時《とき》も目《め》を丸《まる》くしていたっけ。

バイクや車《くるま》やバスに電車《でんしゃ》、目新《めあたら》しいものを見《み》ては、おどろいていたけれど。

じゃあ、魔法《まほう》の国《くに》での乗《の》り物《もの》は？　とたずねたら、ユニコーンやドラゴンだと。

わたしにとっては、そっちの方《ほう》が驚《おどろ》きでしかなかったのに。

「マコの行《い》き先《さき》に心当《こころあ》たりがあるのか、カノン」

「わかんないけど、わたしが小《ちい》さい時迷子《ときまいご》になった場所《ばしょ》」

「どこだ？」

「屋上《おくじょう》にある遊園地《ゆうえんち》」

R階《アールかい》にある屋上遊園地《おくじょうゆうえんち》、小《ちい》さい頃《ころ》にはぐれたわたしをパパとママが探《さが》しに来《き》てくれた場《ば》所《しょ》だ。

わたしが二人《ふたり》とはぐれたのも本《ほん》の売《う》り場《ば》だったと聞《き》く。

それなのに、気《き》がついたら屋上《おくじょう》の遊園地《ゆうえんち》を泣《な》きながら、パパとママを探《さが》して走《はし》っていた。

もう永遠《えいえん》に会《あ》えないいんじゃないかって、心細《こころぼそ》くなってうずくまって泣《な》き崩《くず》れた時《とき》、ひょいと抱《だ》き上《あ》げてくれた温《あたた》かい手《て》はパパだった。

『ごめんな、カノン』と泣《な》き出《だ》しそうな顔《かお》をしたパパ。

『良《よ》かった、本当《ほんとう》に良《よ》かった』とパパごとわたしを抱《だ》きしめて泣《な》いたママ。

時間《じかん》にすると十分《じっぷん》くらいだったと聞《き》いたけど、小《ちい》さかったわたしにとって、その一人《ひとり》ぼっちの時間《じかん》は長《なが》く、まるで永遠《えいえん》のように感《かん》じられて絶望《ぜつぼう》と恐怖《きょうふ》におびえていたのをずっと覚《おぼ》えている。

だから、マコちゃんもどこかでそんな風《ふう》に泣《な》いている気《き》がするの。

焦《あせ》る気持《きも》ちをおさえながら、エスカレーターで辿《たど》り着《つ》いたR階《アールかい》、そのまま『屋上遊園《おくじょうゆうえん》地《ち》』と書《か》かれた扉《とびら》の向《む》こうに二人《ふたり》で踏《ふ》み込《こ》んだ。

自分《じぶん》が迷子《まいご》になった時《とき》のように、走《はし》り出《だ》そうとして腕《うで》を引《ひ》っ張《ぱ》られる。

「なに？　早《はや》く探《さが》さなくちゃ」

「カノン、あそこを見《み》ろ」

王子《おうじ》が指《ゆび》さす先《さき》に、マコちゃんはいた。

ベンチに座《すわ》って泣《な》きながらメリーゴーラウンドをながめているマコちゃんの姿《すがた》があった。

「マコちゃん」

近寄《ちかよ》ってそっと声《こえ》をかけたら、わたしだと気《き》づいたみたいで更《さら》に大声《おおごえ》で泣《な》き始《はじ》める。

きっとホッとしたのだろう。

ギュッとわたしに抱《だ》きついてしまい、リホに連絡《れんらく》をすることもできずにいたら。

「ユニコーンに乗《の》せてやろう。どうだ？」

王子《おうじ》がひょいとマコちゃんを抱《だ》き上《あ》げて、メリーゴーラウンドに向《む》かって歩《ある》き始《はじ》める。

確《たし》かにそのメリーゴーラウンドは色《いろ》とりどりのユニコーンたち。

「中学生《ちゅうがくせい》と子供《こども》、一人《ひとり》ずつで」

勝手《かって》に乗《の》り込《こ》もうとする王子《おうじ》の後《あと》を追《お》い、係員《かかりいん》さんにお金《かね》を渡《わた》してからリホに連絡《れんらく》をする。

「見《み》つかったよ、マコちゃん。屋上《おくじょう》の遊園地《ゆうえんち》にいた。リホは今《いま》どこ？」

『外《そと》まで探《さが》しに来《き》てた。ごめん、カノン。もうちょっとそこにいてもらってもいい？　すぐに迎《むか》えに行《い》くから』

「ゆっくりでいいよ、大丈夫《だいじょうぶ》。リホが来《く》るまでちゃんと一緒《いっしょ》にいるからね」

『ありがとう、カノン。本当《ほんとう》に、ありがとう』

リホとの電話《でんわ》を終《お》えてメリーゴーラウンドに目《め》を向《む》けたら、ユニコーンに二人《ふたり》乗《の》りしているマコちゃんと王子《おうじ》の姿《すがた》。

さっきまであんなに泣《な》いていたのにうそみたいに笑《わら》っている。

そして、王子《おうじ》も笑《わら》っているじゃないの⁉

わたしにも向《む》けてくれたことのないような笑顔《えがお》に、なんだか面白《おもしろ》くないなあと感《かん》じてしまった。

あれ、なんていうんだっけ、この気持《きも》ち。

他《ほか》のジュノくん推《お》しナイターが、

『わたしの方《ほう》がジュノくんのこと先《さき》に好《す》きだったんですけど』

『はあ？』

ってなるような時《とき》の気持《きも》ちと似《に》ているような……、いや、ナイナイナイ‼

なにを考《かんが》えているのだ、わたしは‼


「今日《きょう》は本当《ほんとう》にありがと、カノン。めちゃくちゃ助《たす》かった」

「いいよ、いいよ、お礼《れい》はジュノくんのグッズで手《て》を打《う》つ」

「ぐっ、仕方《しかた》ない。ジュノくんのバッジ、実《じつ》は持《も》ってる」

「なら、それで」

笑《わら》い合《あ》いながら、屋上《おくじょう》に迎《むか》えに来《き》たリホにマコちゃんを渡《わた》す。

マコちゃんはキョロキョロとなにかを探《さが》していた。

「どした？　マコ」

「ジュノくん」

「うん？」

「マコ、ジュノくんに抱《だ》っこしてもらったの」

顔《かお》をひきつらせながら、ポケットの中《なか》をのぞくと帽子《ぼうし》を取《と》った王子《おうじ》が苦笑《にがわら》いしている。

リホが来《く》る前《まえ》に元《もと》の姿《すがた》に戻《もど》ったのだ。

急《きゅう》にいなくなった王子《おうじ》にマコちゃんは不思議《ふしぎ》そうな顔《かお》をしていたのだけれど、ちゃんと顔《かお》を覚《おぼ》えていたみたい。

「え？　ジュノくんっぽい人《ひと》いたの？」

「ちがうよぉ、ジュノくんだよ。マコ、ジュノくん推《お》しになる」

「おお、カノンのライバルだ」

「マコちゃんと同担《どうたん》かあ、手《て》ごわそうだ」

「『どうたん』ってなあに？」

「ん？　同《おな》じ人《ひと》を好《す》きってこと」

その瞬間《しゅんかん》、ボンッと顔中《かおじゅう》に血液《けつえき》が集結《しゅうけつ》したみたいに火照《ほて》り出《だ》す。

違《ちが》う、違《ちが》うってば、断《だん》じてそんなことはない！

じゃあ、また学校《がっこう》でね、と手《て》を振《ふ》るリホたちと別《わか》れて、わたしも家《いえ》に向《む》かって歩《ある》き出《だ》す。

「ねえ王子《おうじ》」

「なんだ？」

「王子《おうじ》って弟《おとうと》いるよね？　だから、あんなに慣《な》れてるの？」

「意味《いみ》がわからんが」

「すごく上手《じょうず》だったから。小《ちい》さい子《こ》と遊《あそ》んであげるのが」

王子《おうじ》はキョトンとわたしを見上《みあ》げて首《くび》をかしげた。

「ニコと……、弟《おとうと》とは遊《あそ》んだことなどないのだ」

どうして？　と聞《き》きかけて、フィリップさんの話《はなし》を思《おも》い出《だ》した。

そうだ、王子《おうじ》はニコ王子《おうじ》をうらやましがっていたんだっけ。

やっぱり、兄弟《きょうだい》がそんなに仲良《なかよ》くはないってこと？

あまり、ニコ王子《おうじ》の話《はなし》には触《ふ》れない方《ほう》がよかったのかもしれない。

「ニコは、賢《かしこ》いから迷子《まいご》になどならぬ。それによく笑《わら》うし、あまり泣《な》いたりなどしないからな。オレが遊《あそ》んでやらなくてもよいのだ」

あれ？　その言《い》い方《かた》って、まるで身内《みうち》をほめちぎっているような。

「王子《おうじ》って、ニコ王子《おうじ》のこと苦手《にがて》なんじゃ……」

「苦手《にがて》？」

もしかして、フィリップさんをはじめ、周《まわ》りの人《ひと》たちが勝手《かって》にそう思《おも》っていただけで、実《じっ》は全然違《ぜんぜんちが》うのでは⁉

「苦手《にがて》かどうか、わからぬが。ニコは一人《ひとり》でオレの部屋《へや》に遊《あそ》びに来《き》ては菓子《かし》を頬張《ほおば》っている。時々《ときどき》カードゲームを教《おし》えろと頼《たの》まれるから、相手《あいて》をしてやるが」

「それって、普通《ふつう》にかわいがって遊《あそ》んでやっているような」

「は？」

王子《おうじ》は首《くび》をかしげて、フンッと鼻《はな》を鳴《な》らした。

「よくわからぬが、多分《たぶん》、フィリップだろう？　心配《しんぱい》しておるのは。アイツが言《い》うほどオレとニコは仲《なか》が悪《わる》くはない。それにな、オレよりもニコの方《ほう》が愛想《あいそ》がいいし、国民受《こくみんう》けもするし。正直言《しょうじきい》うとニコの方《ほう》が次期王《じきおう》に向《む》いているとは思《おも》う。ただ、あの次期王《じきおう》になるための勉強《べんきょう》やマナーの訓練《くんれん》を幼《おさな》いニコに受《う》けさせるのはあまりにも可哀《かわい》そうだと思《おも》うのだ、母上《ははうえ》とも引《ひ》き離《はな》されてしまうし。だからこそ、オレが次期王《じきおう》にならねばとは思《おも》うのだが……、おい、カノン。おまえ、さっきからなんで笑《わら》っているのだ」

「いや、ううん、なんでもない」

「なんでもないって、泣《な》きながら笑《わら》っておるではないか」

こらえようとしても、笑《わら》いが込《こ》み上《あ》げてくる。

王子《おうじ》はニコ王子《おうじ》のことがかわいくて仕方《しかた》ないんだ。

それを周《まわ》りの人《ひと》たちは知《し》らないだけで。

もしかしたら本人《ほんにん》すら自覚《じかく》ないのかな。

ひとしきり、笑《わら》い終《お》えて涙《なみだ》を拭《ふ》いた後《あと》で、誰《だれ》にも見《み》られないように王子《おうじ》を手《て》のひらにのせる。

「どうした？　カノン」

不思議《ふしぎ》そうに首《くび》をかしげた王子《おうじ》の耳元《みみもと》で、わたしは小《ちい》さな声《こえ》で。

「あのね、王子《おうじ》。王子《おうじ》がニコ王子《おうじ》を気《き》にかけたりするその気持《きも》ちはきっとね」

「うん？」

「好《す》きって言《い》うんだよ？」

そう伝《つた》えた瞬間《しゅんかん》、王子《おうじ》のほっぺが真《ま》っ赤《か》になって。怒《おこ》ったように口《くち》を結《むす》ぶと、わたしの手《て》のひらからジャンプしてポケットの中《なか》にかくれてしまった。

今夜《こんや》、王子《おうじ》が眠《ねむ》ったらフィリップさんにお土産話《みやげばなし》として聞《き》かせてあげよう。

フィリップさんはきっとうれしくて、泣《な》いちゃうだろうな。

8

花音観察日記《かのんかんさつにっき》【ルカ王子《おうじ》SIDE《サイド》】

カノンという人間《にんげん》の女《おんな》と、初《はじ》めて出会《であ》った瞬間《しゅんかん》のことを思《おも》うと、いまだに舌打《したう》ちが出《で》そうになる。

なんて、無礼《ぶれい》なやつだと思《おも》った。

なにかというとオレのことを小《ちい》さい扱《あつか》いするし、『感謝《かんしゃ》を伝《つた》えること』だの、『謝罪《しゃざい》はした方《ほう》がいい』だのと。

とにかく、いちいちウルサイ！　フィリップよりもウルサイ！

そのフィリップも、いつの間《ま》にか、自分《じぶん》の味方《みかた》につけて言《い》いたい放題《ほうだい》ではあるが……。

最近《さいきん》わかったのは、カノンは悪《わる》いやつではないし、むしろ言《い》っていることは正《ただ》しいことの方《ほう》が多《おお》い。

それに、文句《もんく》を言《い》いながらも、突然世話《とつぜんせわ》になることになったオレやフィリップにも食事《しょくじ》を与《あた》えてくれる。

最近《さいきん》ではオレの味《あじ》の好《この》みを覚《おぼ》えたのか、好《す》きだなと思《おも》う料理《りょうり》を何度《なんど》か作《つく》ってくれたりもする。

カノンは、自分《じぶん》の母上《ははうえ》のレシピだから、美味《おい》しいに決《き》まってるのだと言《い》うが、それだけじゃないと思《おも》う。

いつも父上《ちちうえ》のために、そしてオレに食《た》べさせるために、心《こころ》をこめて作《つく》っているのだ。

カノンというのはそういう娘《むすめ》、のようだ。

家族思《かぞくおも》いで優《やさ》しい……、とは悔《くや》しいから絶対《ぜったい》に口《くち》に出《だ》してはやらないが。

いや、言《い》ってもいいが今更《いまさら》な気《き》がする。

カノンとは会《あ》った当初《とうしょ》からケンカ腰《ごし》だったのだから。

そうだ、カノンは家族《かぞく》だけではなく友達思《ともだちおも》いでもある。

リホという一番仲《いちばんなか》のいい娘《むすめ》も、そういえば家族思《かぞくおも》いだ。

お互《たが》いに助《たす》け合《あ》って学校生活《がっこうせいかつ》を送《おく》っている様《さま》を見《み》ているのはなんだか面白《おもしろ》い。

そんな学友《がくゆう》はオレには一人《ひとり》もいなかったのだから、少《すこ》しうらやましくもある。

ミスター阿部《あべ》というよき理解者《りかいしゃ》にも恵《めぐ》まれているようだ。

ただ勉強《べんきょう》が不得意《ふとくい》なのは数日見《すうじつみ》ていてよくわかった。

ミスター阿部《あべ》も苦労《くろう》が多《おお》いと思《おも》うので、少《すこ》しばかりオレが教《おし》えてやることにした。

その度《たび》「王子《おうじ》、すごい！」と軽々《かるがる》しく尊敬《そんけい》の念《ねん》を表《あらわ》してくるのは、実《じつ》にくすぐったいのでやめてほしいが。


「王子《おうじ》、なにしてるの？」

あわてて引《ひ》き出《だ》しの中《なか》に、観察日記《かんさつにっき》をかくした。

「今《いま》、なにかかくさなかった？」

「別《べつ》に」

「うそ？　絶対《ぜったい》かくしてた！　あ、おやつとか？」

なぜ、かくしたものが、おやつだと思《おも》うのか。

窓際《まどぎわ》のベッドの隅《すみ》ではフィリップがグーグー眠《ねむ》っている。

ネコとかいう姿《すがた》になってから、アイツは実《じつ》にグータラしている。

魔法界《まほうかい》であんなにもキビキビ動《うご》いていたのは、どこに行《い》ったのだ？

カノンはその頭《あたま》や体《からだ》をなでてかわいがっている。

じっとその手《て》の動《うご》きを見《み》ていたら、カノンに気《き》づかれた。

「王子《おうじ》もなでてあげようか？」

「ふざけるな」

「だって、なでてほしそうな顔《かお》してたし」

「そんな顔《かお》などしておらん」

ふ〜ん、とオレの怒《いか》りを無視《むし》して、今夜《こんや》もいつもの動画《どうが》とやらを流《なが》し始《はじ》める。

中《なか》では、カノンが好《す》きだというアイドルグループが楽《たの》しそうに笑《わら》っている。

ああ、ああ、どいつもこいつも歯《は》を見《み》せて笑《わら》いおって。

大体《だいたい》、騎士《きし》というのは、もう少《すこ》しりりしくなければならぬものを。

少《すく》なくとも我《わ》が城《しろ》の騎士《きし》たちは、勇敢《ゆうかん》でもっと筋肉質《きんにくしつ》な体《からだ》つきのいかつい男《おとこ》たちであったぞ。

こんな風《ふう》にヘラヘラなどしてはいけない。

とくに真《ま》ん中《なか》の、言《い》いたくはないが、ジュノとかいうオレに似《に》ているやつ!!

オマエは、もう少《すこ》し笑《わら》わずに、顔《かお》をひきしめろ!

「ジュノくん、好《す》き、大好《だいす》きっ!!」

両手《りょうて》を組《く》み、まるで神《かみ》を崇《あが》めるかのように画面《がめん》の中《なか》のジュノを見守《みまも》るカノンにため息《いき》が出《で》る。

ジュノと同《おな》じような服装《ふくそう》をオレがしたら、もっとかっこいいものを。

というか、ジュノよりオレの方《ほう》が絶対《ぜったい》にかっこいいはずだぞ?

「王子《おうじ》?」

いつの間《ま》にか配信《はいしん》が終《お》わっていたらしく、カノンが首《くび》をかしげてオレを見《み》つめている。

「むずかしい顔《かお》して、どうしたの? なんか困《こま》っていることでもある?」

両手《りょうて》でオレをすくい上《あ》げて、自分《じぶん》の目線《めせん》に合《あ》わせるカノン。

ここのところ、どうもおかしい。

こうしてカノンに見《み》つめられると鼓動《こどう》が速《はや》くなり顔《かお》が火照《ほて》り出《だ》すのだ。

伸《の》びてきたカノンの指《ゆび》がそっとオレの額《ひたい》に触《ふ》れた。

「熱《ねつ》はないかな？　部屋《へや》暑《あつ》かった？」

「な、なぜだ」

「顔《かお》、真《ま》っ赤《か》だから。窓《まど》開《あ》けようか？」

「いらぬ、寒《さむ》いくらいだ」

「そう？　わたし、王子《おうじ》の大《おお》きさになったことないから、温度《おんど》とか適正《てきせい》かどうかわからないの。寒《さむ》かったり暑《あつ》かったりしたら遠慮《えんりょ》なく言《い》ってね？」

王子《おうじ》の大《おお》きさは、余計《よけい》ではあるが。

「……、ああ、その時《とき》は頼《たの》む」

自分《じぶん》なりの精一杯《せいいっぱい》の感謝《かんしゃ》のつもりだし、カノンもそれをわかっているようだ。

「なあに？　聞《き》こえないから、もう一回《いっかい》言《い》って？」

「チッ、寝《ね》る」

クスクス笑《わら》うカノンの手《て》から飛《と》び降《お》りて仮住《かりず》まいの城《しろ》へと入《はい》り扉《とびら》を閉《し》める。

「おやすみ、王子《おうじ》。明日《あした》の朝《あさ》はパンケーキ焼《や》いてあげるね」

数日前《すうじつまえ》、美味《びみ》だと思《おも》ったパンケーキだ。

オレのつぶやきはもう聞《き》こえていないだろう。

「よろしく頼《たの》む」

カノンという娘《むすめ》、人間《にんげん》の中《なか》でも優《やさ》しい部類《ぶるい》であり、親切《しんせつ》であり、一緒《いっしょ》にいると楽《たの》しくなるが、唯一《ゆいいつ》の欠点《けってん》はジュノとかいうアイドル好《ず》きなことだ。

あ、それともう一《ひと》つ。

優《やさ》しすぎるために、どこか遠慮《えんりょ》がちである、とくに父上《ちちうえ》に対《たい》して。

親子《おやこ》は似《に》るというが、父上《ちちうえ》もどこかカノンに対《たい》して遠慮《えんりょ》がちで。

オレが言《い》うのもなんだが、もう少《すこ》し互《たが》いに話《はな》し合《あ》ってはどうかと思《おも》う。

カノンのおかげで、オレも元《もと》の世界《せかい》に戻《もど》ったら父上《ちちうえ》、母上《ははうえ》、そしてニコといろんな話《はなし》をしてみようと思《おも》い始《はじ》めている。

机《つくえ》の上《うえ》、窓《まど》からの月明《つきあ》かりで観察日記《かんさつにっき》を書《か》く。

オレの心配《しんぱい》などいらぬだろうが、カノンには笑《わら》っていてほしい。

そう願《ねが》っている。

9 王子《おうじ》、故郷《こきょう》を想《おも》う

「カノンどの、今日《きょう》のご飯《はん》はなんでしょう？　最近《さいきん》、いいマグロの缶詰《かんづめ》が出《で》ないと、ニャ太郎《たろう》がなげいておりますす。宿主《やどぬし》の体《からだ》を借《か》りている以上《いじょう》は、一応申《いちおうもう》し伝《つた》えておかないと」

「ニャ太郎《たろう》、味《あじ》わかってたんだ？」

確《たし》かに、マグロの缶詰《かんづめ》となると食《く》いつきが良《よ》かった。

「じゃあ、今日《きょう》はマグロにする。でもね、カリカリフードも食《た》べるんだよ？　ニャ太郎《たろう》の健康《けんこう》のためなんだからね」

「わかっておりますにゃー」

フィ太郎《たろう》さんが途中《とちゅう》からニャ太郎《たろう》になってしまう。

ニャ太郎《たろう》、そんなにうれしかったんだね。

「あ、王子《おうじ》の夕飯《ゆうはん》は餃子《ギョーザ》ね、餃子《ギョーザ》」
「そうだ、餃子《ギョーザ》だ!!」
王子《おうじ》の目《め》が輝《かがや》いた。
一度《いちど》作《つく》ってあげたら、めちゃくちゃ喜《よろこ》んだから、今日《きょう》は二度目《にどめ》の餃子《ギョーザ》なのだ。
パパにも夕《ゆう》べ話《はな》したら、一瞬《いっしゅん》喜《よろこ》んで笑顔《えがお》を浮《う》かべてくれたんだけど。
『でも、カノンが大変《たいへん》じゃない?』
すぐに心配《しんぱい》そうな顔《かお》をした。
『餃子《ギョーザ》って時間《じかん》かかるし、パパはもっと簡単《かんたん》なものでいいな』
『パパは食《た》べたくないかもしれないけど、わたしが食《た》べたいから作《つく》るの』
ママレシピにパパの一番好《いちばんす》きなものと書《か》かれているの知《し》っているんだから。
『あまり無理《むり》しなくていいからね』
わたしの頭《あたま》をなでてくれるパパの手《て》に、なんだか悲《かな》しくなったんだ……。
餃子《ギョーザ》をフライパンに並《なら》べ、水《みず》を加《くわ》えて蓋《ふた》をし、火《ひ》をつけたところで、スマホが鳴《な》った。
表示《ひょうじ》されたのは『おばあちゃん』、ドキンとしながら電話《でんわ》に出《で》る。

『カノンちゃん、元気《げんき》にしてる？』

「うん、元気《げんき》だよ。おばあちゃんは元気《げんき》？　おじいちゃんも」

四国《しこく》に住《す》むおばあちゃん、ママのお母《かあ》さんからは、こうして時々電話《ときどきでんわ》がくる。

パパには、もうお母《かあ》さんもお父《とう》さんも亡《な》くなっていていないから、わたしにとってはたった一人《ひとり》のおばあちゃんだ。

去年《きょねん》ママが亡《な》くなるまでは年《ねん》に二度《にど》、お盆《ぼん》とお正月《しょうがつ》に帰省《きせい》していたけれど、今年《ことし》は一度《いちど》も行《い》っていない。

その代《か》わり、今《いま》はおばあちゃんが時々《ときどき》うちに来《き》てくれている。

この間《あいだ》はお盆《ぼん》、ママの新盆《にいぼん》だったから。

『二人《ふたり》とも元気《げんき》、元気《げんき》！　十一月《じゅういちがつ》には、おじいちゃんと二人《ふたり》で行《い》くからね』

十一月《じゅういちがつ》、ママの一年目《いちねんめ》の命日《めいにち》に合《あ》わせて二人《ふたり》で来《く》るみたい。

おじいちゃんとは、ママのお葬式《そうしき》以来《いらい》だ。

チラリと王子《おうじ》を見《み》たら目《め》が合《あ》った。

フィ太郎《たろう》さんと二人《ふたり》で不思議《ふしぎ》そうな顔《かお》でわたしを見《み》ていた。

あ、そうか、王子《おうじ》の前《まえ》でおばあちゃんと話《はな》すのは初《はじ》めてだった。

『カノンちゃん、もう、パパには、ちゃんと話《はな》せたかしら？』

「あっ……、えっと」

口《くち》ごもったわたしの手《て》を王子《おうじ》がつつく。

心配《しんぱい》しているような顔《かお》をしていた。

「まだ、なんだ……。あのね、おばあちゃん。わたし、やっぱり」

『おじいちゃんってばね、ママが使《つか》っていた部屋《へや》をリフォームしちゃったの。お風呂《ふろ》やトイレも。カノンちゃんがよろこんでくれるかなって、楽《たの》しみにしていて』

わたしの言葉《ことば》をさえぎったおばあちゃんからの報告《ほうこく》に胸《むね》がズキンと痛《いた》くなる。

おじいちゃん、わたしと一緒《いっしょ》に住《す》むのを楽《たの》しみにしてくれてるんだ……。

優《やさ》しいおじいちゃんの笑顔《えがお》を思《おも》い出《だ》したら、ズキンズキンがもっとひどくなる。

『カノンちゃんがね、こっちに来《き》たら、もう何《なに》もしなくていいのよ。子供《こども》らしく友達《ともだち》と遊《あそ》んだり、部活《ぶかつ》に入《はい》ったりしてね。ご飯《はん》の支度《したく》なんか、おばあちゃんに任《まか》せて。なんの遠慮《えんりょ》もしないでちょうだいよ』

返事《へんじ》ができないでいるわたしに、おばあちゃんが畳《たた》みかけるように言《い》った。

『前《まえ》にも言《い》ったでしょ？　パパは、カノンちゃんのために朝早《あさはや》く出《で》かけて、帰《かえ》ってきても家《いえ》でお仕事《しごと》してるんでしょう？　疲《つか》れて身体《からだ》を壊《こわ》してないか心配《しんぱい》なの。パパも、自分一人《じぶんひとり》なら、きっとどこか外《そと》で食事《しょくじ》したりして、ママが生《い》きていた頃《ころ》のように、仕事《しごと》の時間《じかん》をセーブしなくてもいいと思《おも》うの。それにまだ若《わか》いでしょう。いつか誰《だれ》かいい人《ひと》と再婚《さいこん》したりもするんじゃないかしら』

受話器《じゅわき》の中《なか》の沈黙《ちんもく》が重《おも》たくて、吐《は》き出《だ》した息《いき》が、ため息《いき》に聞《き》こえていないかと心配《しんぱい》になる。

『カノンちゃんが言《い》えないなら、やっぱりおばあちゃんから伝《つた》えようか』

「ううん、いい。パパにはわたしから、ちゃんと言《い》うから」

『そう？　じゃあ、また電話《でんわ》するね。今度《こんど》はパパがいる時《とき》に、ね？』

はい、と小《ちい》さく返事《へんじ》をして電話《でんわ》を切《き》る。

わかってる……、パパがわたしのために無理《むり》をしてるってこと。

おばあちゃんが言《い》うように、パパ一人《ひとり》なら外食《がいしょく》したりして、わたしのことを考《かんが》えずに仕《し》事《ごと》にはげめるんだろうってことも。

まだ三十八歳《さんじゅうはっさい》だし、いつか再婚《さいこん》したい人《ひと》が現《あらわ》れたとしてもおかしくはないかもしれない。

その時《とき》にわたしがいたら……。

「……、いっ、おい！　カノン、こげくさいぞ」

「えっ、あっ」

王子《おうじ》の声《こえ》にハッとしたら、餃子《ギョーザ》が悲《かな》しいほど真《ま》っ黒《くろ》こげになっていた。


「カノン、オマエやっぱり変《へん》だぞ」

王子《おうじ》のために新《あたら》しく二《ふた》つ、餃子《ギョーザ》を焼《や》いてあげた。

食《た》べている様子《ようす》をぼんやりとながめていたら、王子《おうじ》が顔《かお》を上《あ》げた。

「なにか心配《しんぱい》ごとがあるのだろう？　話《はな》してみろ、カノン」

え？　王子《おうじ》が優《やさ》しい、なんで？

わたしの方《ほう》に歩《ある》いてきた王子《おうじ》が、腕《うで》をよじ登《のぼ》って、そして。

わたしの頬《ほお》をなでる。

いや、いつの間《ま》にか泣《な》いていたわたしをなぐさめてくれているのだ。

「誰《だれ》にも内緒《ないしょ》だよ？」

「ああ、フィリップにもな」

わたしが差《さ》し出《だ》した小指《こゆび》に王子《おうじ》は指《ゆび》をからめて頷《うなず》く。

フィ太郎《たろう》さんはお腹《なか》いっぱいになって、リビングで眠《ねむ》っていた。

今年《ことし》の春《はる》、おばあちゃんから言《い》われたこと。

『おばあちゃん家《ち》で暮《く》らさない？』

最初《さいしょ》はすごくおどろいた。

だけど、おばあちゃんもおじいちゃんも、一人娘《ひとりむすめ》のママを亡《な》くしてさびしくて。

その娘《むすめ》のわたしには、ママがいないことで苦労《くろう》をさせたくない。

そんな想《おも》いでわたしと一緒《いっしょ》に暮《く》らしたがっていることを知《し》った。

それから、時間《じかん》をかけて説得《せっとく》されていること。

パパがいつか再婚《さいこん》する時《とき》のためにも、わたしはおばあちゃんの家《いえ》で暮《く》らした方《ほう》がいいんじゃないかと言《い》われていることも。

そういうのを全部《ぜんぶ》聞《き》いてしまったら、おばあちゃんの家《いえ》に行《い》かない、なんて言《い》えなかった。

なんとなくはぐらかしてきたけど、わたしのためにリフォームまでしちゃってて、楽《たの》しみにさせてしまってる。

ここにいたい、だけど、パパのためにいてもいいのか、わからない。

わたしの気持《きも》ちを黙《だま》って聞《き》いてくれた王子《おうじ》がわたしを見《み》て首《くび》をかしげた。

「カノン、オマエの気持《きも》ちは父上《ちちうえ》に話《はな》したことがあるのか？」

「ううん……」

だってパパのことだもん。

ママとの約束《やくそく》だから、あの日《ひ》病院《びょういん》で三人《さんにん》でゆび切《き》りげんまんしたから。

パパの方《ほう》から、わたしの手《て》を離《はな》すことはないと思《おも》う。

夕暮《ゆうぐ》れの中《なか》、もう目覚《めざ》めないかもしれないと言《い》われていたママが意識《いしき》を取《と》り戻《もど》した。

ママの病気《びょうき》がわかって入院《にゅういん》して、三《さん》か月後《げつご》のことだった。

最期《さいご》はご家族《かぞく》だけで…と、お医者《いしゃ》さんも看護師《かんごし》さんも部屋《へや》を出《で》ていく。

静《しず》かな病室《びょうしつ》の中《なか》で、ピッピッピッピッとママにつながった機械《きかい》の音《おと》だけが響《ひび》く。

『ママ、しんどくない？』

顔《かお》をのぞき込《こ》んでいるのが、わたしとパパだってわかったみたい。

苦《くる》しそうな顔《かお》をしながらも嬉《うれ》しそうにうなずいて、次《つぎ》の瞬間《しゅんかん》、酸素《さんそ》マスクを自分《じぶん》ではずしてしまう。

『ママ、ダメだって、勝手《かって》に取《と》ったりなんかしたら』

『いいの、お医者《いしゃ》さんにはナイショね？』

パパに向《む》かってエヘへと笑《わら》うママの声《こえ》はとても小《ちい》さい。

機械《きかい》の音《おと》に負《ま》けてしまいそうなほど小《ちい》さいから、わたしたちに話《はな》しかけるために、ママはマスクをはずしたんだ。

『カノン、引《ひ》き出《だ》しの中《なか》、見《み》て？』

ベッドの右側《みぎがわ》にはパパ、左側《ひだりがわ》にわたし、ママを挟《はさ》むように座《すわ》り込《こ》み、片方《かたほう》ずつ手《て》を握《にぎ》る。

ママに言《い》われたように引《ひ》き出《だ》しを開《あ》けたら、かわいいピンク色《いろ》の表紙《ひょうし》の分厚《ぶあつ》いノートが出《で》てきた。

『中《なか》、見《み》てみて？』

ノートをめくったら、一《いち》ページ目《め》にカレーの絵《え》が描《か》かれていて、その下《した》に分量《ぶんりょう》と作《つく》り方《かた》がくわしく書《か》いてあった。

二《に》ページ目《め》は、ハンバーグ、三《さん》ページ目《め》はオムライス。

色鉛筆《いろえんぴつ》で描《か》かれた絵《え》が、少《すこ》し前《まえ》までテーブルに並《なら》んでいたママのご飯《はん》そのもので、なんだか泣《な》きそうになった。

『カノンに、いつかママのレシピあげるって約束《やくそく》してたでしょ？　まだ全部《ぜんぶ》ではないけど、パパとカノンの好物《こうぶつ》は大体《だいたい》書《か》いてあるから、もらってくれる？』

このまま透明《とうめい》になって消《き》えてしまいそうなほど、真《ま》っ白《しろ》な紙《かみ》みたいな顔色《かおいろ》のママ。

一言《ひとこと》も聞《き》きもらさないように、必死《ひっし》にうなずいた。

『それでね、カノンはママの代《か》わりにときどき、パパに美味《おい》しいご飯《はん》作《つく》ってくれないかな？　今《いま》も作《つく》ってくれてるんでしょ？　ママに似《に》て料理《りょうり》が上手《じょうず》だって、パパがほめてたよ』

うんうん、と泣《な》きながらうなずくわたしに、ママは目《め》を細《ほそ》めて、今度《こんど》はパパを見《み》つめる。

『それから、ね？　パパは、カノンがお嫁《よめ》さんに行く日《ひ》まで、あの家《いえ》で見守《みまも》ってあげてね？　できれば、だけどね？　カノンが一人暮《ひとりぐ》らししたいって言《い》ったら、止《と》められないでしょうけど』

『一人暮《ひとりぐ》らしなんかしないよ、ママ！　だってパパ、ご飯作《はんつく》れないんだよ？　わたしがいてあげなくちゃ』

『ありがと、カノンはしっかりしてくれていて、助《たす》かるわ』

苦《くる》しそうに、短《みじか》い息《いき》をはいてから。

『パパをお願《ねが》い。パパは、カノンのことよろしくお願《ねが》いします、わたしの分《ぶん》まで、ね？』

パパはママの言葉《ことば》を聞《き》くと、子供《こども》みたいにイヤだと首《くび》を振《ふ》って泣《な》いている。

さっきから、わたしよりもママよりもパパが一番泣《いちばんな》いている。

それを見《み》ていたらわたしも、どんどん悲《かな》しくなって、涙《なみだ》が止《と》まらなくなる。

『泣《な》かないでよ、パパ。カノンも。そんなに泣《な》かれたらママも泣《な》いちゃう』

ママの目《め》から、落《お》ちた涙《なみだ》をわたしはあわててティッシュで拭《ふ》く。

『三人《さんにん》でゆび切《き》り、しよ』

『嫌《いや》だよ』

『パパ……、時間《じかん》がないの、お願《ねが》い』

聞《き》きたくないと顔《かお》を伏《ふ》せるパパも、ママの真剣《しんけん》な声《こえ》にようやく小指《こゆび》を差《さ》し出《だ》す。

ママの冷《つめ》たく細《ほそ》い小指《こゆび》に、わたしとパパの指《ゆび》がからまる。

『カノンのママになれてよかった。パパの奥《おく》さんになれてよかった。二人《ふたり》とも、わたしの家族《かぞく》でいてくれて、ありがとう』

『ずっと家族《かぞく》でしょ？　ずっと』

『うん、ずーっと……、ずっと、見守《みまも》ってるから。大好《だいす》きな二人《ふたり》のこと』

ね、と目《め》をつぶって微笑《ほほえ》んだ後《あと》、ママにつながっていた機械《きかい》のピッピという音《おと》がピーッと鳴《な》り続《つづ》けている。

『ママ？　ねえ、ママ？』

病室《びょうしつ》の中《なか》に、お医者《いしゃ》さんや看護師《かんごし》さんが戻《もど》ってきて、わたしとパパは病室《びょうしつ》のはしっこに追《お》いやられた。

『約束《やくそく》するから。絶対《ぜったい》にカノンを一人《ひとり》になんかしないから』

わたしを抱《だ》きしめるパパが震《ふる》えながら泣《な》いていて、わたしも同《おな》じように泣《な》いた。

声《こえ》を上《あ》げないようにしようとしたのに、喉《のど》の奥《おく》が苦《くる》しい……。


「パパね、おばあちゃんに言《い》っちゃったんだよ、『カノンが大学生《だいがくせい》になるまでは、ボクが一人《ひとり》にさせないようになるべく早《はや》く帰宅《きたく》します』って。だから朝早《あさはや》く会社《かいしゃ》に行《い》ったり、家《いえ》に仕事《しごと》持《も》ち帰《かえ》ったりしてるのに、家《いえ》のことも手伝《てつだ》ってくれて。だから前《まえ》よりも疲《つか》れてるんだと思《おも》うの。だからね、わたしがいない方《ほう》がパパは楽《らく》に暮《く》らせるんだと思《おも》う。おばあちゃんも、そう言《い》ってたし」

「父上《ちちうえ》の気持《きも》ちは？　そうではないだろう？」

「パパはママと約束《やくそく》しちゃったから、わたしと離《はな》れる気《き》はないと思《おも》う。でもね、パパが無理《むり》して体壊《からだこわ》す方《ほう》が嫌《いや》なの。パパまでいなくなっちゃったら、わたし……」

最近《さいきん》、いつも疲《つか》れた顔《かお》をしているパパ。

パパがいなくなったら、わたし、一人《ひとり》になっちゃう、本当《ほんとう》に一人《ひとり》ぼっちになっちゃう。

その時《とき》、泣《な》いていたわたしを包《つつ》み込《こ》む大《おお》きな温《ぬく》もり。

王子《おうじ》、今日《きょう》の分《ぶん》の魔法《まほう》を使《つか》ったんだ。

わたしをなぐさめるために。

「よくはわからぬが、親子《おやこ》とは、時《とき》に遠慮《えんりょ》などしてはならぬのではないか？」

「王《おう》、……子《じ》？」

抱《だ》きしめられた腕《うで》の中《なか》、少《すこ》しだけ顔《かお》を上《あ》げたら王子《おうじ》が悲《かな》しそうな目《め》でわたしを見《み》ている。

「オレは、カノンとカノンの父上《ちちうえ》を見《み》ていて、そう感《かん》じた。助《たす》け合《あ》って、互《たが》いを思《おも》いやっているのに、どうして互《たが》いに遠慮《えんりょ》などしているのだろうかと」

「……」

「カノンの正直《しょうじき》な気持《きも》ちを告《つ》げぬまま、父上《ちちうえ》と離《はな》れればなれになってしまってもよいのか？　どうせ、オマエのことだ。父上《ちちうえ》のことを思《おも》うからこそ離《はな》れるとは言《い》わずに、行《い》くつもりなのだろう？」

紫《むらさき》の瞳《ひとみ》がわたしの心《こころ》の中《なか》をのぞいているみたい。

おばあちゃんと一緒《いっしょ》に暮《く》らしたら、ご飯《はん》の支度《したく》をしなくてもいいから。

帰《かえ》りにスーパーに寄《よ》ったりしなくてもいいし、部活《ぶかつ》にだって入《はい》れちゃうから。

そんな風《ふう》にパパに話《はな》そうとしていた。

唇《くちびる》をかみしめたまま、答《こた》えられずにいるわたしを見《み》て王子《おうじ》は、小《ちい》さなため息《いき》をつく。

「元《もと》の世界《せかい》に戻《もど》ったなら、オレは母上《ははうえ》、父上《ちちうえ》ともう少《すこ》し会話《かいわ》がしたいと思《おも》った。ニコともな。カノンの父上《ちちうえ》を見《み》ていて気《き》づいたのだ。親《おや》は、いつだって子《こ》のことを心配《しんぱい》しているし見守《みまも》っているのだと。そう思《おも》ったら、自分《じぶん》でも気《き》づいてなかったことが、今更《いまさら》ながら思《おも》い出《だ》されてな……」

わたしの頰《ほお》をなでて、涙《なみだ》を拭《ふ》いてくれた王子《おうじ》が小《ちい》さく咳《せき》ばらいをした。

「ニコが生《う》まれた頃《ころ》、オレは一度家出《いちどいえで》をした」

「え？　なんで、家出《いえで》なんて」

「イヤになったのだ。次期王《じきおう》の勉強《べんきょう》やうるさいマナーが。ニコは皆《みんな》から愛《あい》されて日々《ひび》笑顔《えがお》で元気《げんき》に育《そだ》っていた。きっとこのまま、オレのプレッシャーなど知《し》らず、母上《ははうえ》と父上《ちちうえ》に愛《あい》されて楽《たの》しく生《い》きていくのだろう。そう思《おも》ったら、オレだけが苦《くる》しい思《おも》いをしている気《き》がして。オレがいなくなれば、母上《ははうえ》も父上《ちちうえ》もニコを次期王《じきおう》として厳《きび》しく育《そだ》てるだろう。そんな風《ふう》に思《おも》ってしまってな。なんと、おろかな子供《こども》だったのか」

はずかしそうに王子《おうじ》はため息《いき》まじりに笑《わら》った。

「ドラゴンに初《はじ》めて乗《の》ったのだ。もちろん、それまではフィリップの操縦《そうじゅう》するドラゴンに乗《の》せてもらったことはあったから、乗《の》りこなすのは簡単《かんたん》だろうと思《おも》った。だが、間違《まちが》いだった。城《しろ》から出《で》てすぐ森《もり》の上《うえ》を飛《と》んでいる時《とき》に、暴《あば》れたドラゴンから落《お》ちてしまった。柔《やわ》らかな木《き》の枝《えだ》を何度《なんど》もクッションにしながら地面《じめん》まで落《お》ちたから、幸《さいわ》い、命《いのち》に別状《べつじょう》はなかった。ただ、足《あし》の骨《ほね》や肩《かた》の骨《ほね》を折《お》ってな。痛《いた》みで意識《いしき》が遠《とお》のく中《なか》、オレの名前《なまえ》を呼《よ》ぶ泣《な》き顔《がお》のフィリップを見《み》た気《き》がする。次《つぎ》に目覚《めざ》めた時《とき》はいつもの自分《じぶん》の部屋《へや》のベッドで、母上《ははうえ》と父上《ちちうえ》がオレの手《て》を握《にぎ》って泣《な》いていた」

クスリと笑《わら》った王子《おうじ》が、わたしの頭《あたま》をなでた。

「今《いま》まで、あれは夢《ゆめ》だと思《おも》っていたのだ。その次《つぎ》に目覚《めざ》めた時《とき》には、すでに怪我《けが》は治《なお》っていて、母上《ははうえ》も父上《ちちうえ》もいなかったのだから。あ、治癒《ちゆ》の魔法《まほう》はな、大魔女《おおまじょ》マーリンたち七人《しちにん》の魔女《まじょ》しか使《つか》えないのだ。多分《たぶん》、その内《うち》の誰《だれ》かが治《なお》してくれたのだろう。すっかり元気《げんき》になったオレは、そんなことすら忘《わす》れてしまって……。母上《ははうえ》も父上《ちちうえ》も、オレが目覚《めざ》めるまでついててくれたことも。ちゃんと、心配《しんぱい》して見守《みまも》ってくださっていたのに、忘《わす》れてしまって。オレからずっと心《こころ》を閉《と》ざしてしまっていた」

「会《あ》ったら、なんて言《い》うの？」

「今更《いまさら》だが」

「うん？」

「感謝《かんしゃ》を伝《つた》えたい。オレのことを見守《みまも》ってくれていたことに。次期王《じきおう》となるために、必要《ひつよう》なことを陰《かげ》ながらお教《おし》えくださっていたことに。それに、魔女《まじょ》たちにも助《たす》けてくれた礼《れい》を言《い》わねばならぬな。……、それはあまり言《い》いたくないが」

ベッと舌《した》を出《だ》した、いつもクールな表情《ひょうじょう》とは違《ちが》う王子《おうじ》の一面《いちめん》を見《み》て、わたしもようやく涙《なみだ》が止《と》まって苦笑《にがわら》い。

「カノンは、本当《ほんとう》はどうしたいのだ？」

「……、わたしは、パパと一緒《いっしょ》にいたい。だって家族《かぞく》だもん、わたしが結婚《けっこん》するまで、この家《いえ》にいたいんだもん」

「なら、そう言《い》え。きっと父上《ちちうえ》はよろこんでくれるはずだ」

王子《おうじ》が目《め》を細《ほそ》めて笑《わら》っている。

そのあまりに美《うつく》しい笑顔《えがお》に、一瞬《いっしゅん》ぼーっとひき込《こ》まれてから、あわててウンウンうなずいた。

その夜《よる》、残《のこ》り少《すく》ない餃子《ギョーザ》を水餃子《すいギョーザ》にして、ご飯《はん》をチャーハンにかえた。

帰《かえ》ってきたパパの前《まえ》に座《すわ》り言《い》い出《だ》せなくてソワソワするわたしに、ポケットの中《なか》で『早《はや》く言《い》え！』と口《くち》をパクパクしている王子《おうじ》。

わかってる、わかってるってば‼

「カノン？」

「え？　ん？　な、なあに？」

「いや、なんか口数少《くちかずすく》ないから、なにかあったのかと」

「あ、った、というか……、えっと。おばあちゃんから、電話《でんわ》があって。十一月《じゅういちがつ》に、おじいちゃんと二人《ふたり》で来《く》るよって」

「そう。他《ほか》には何《なに》か言《い》ってなかった？」

首《くび》をかしげるパパに、どうしようかとまた口《くち》ごもっていると――。

「実《じつ》は、パパにも電話《でんわ》があったんだ。カノンを普通《ふつう》の中学生《ちゅうがくせい》にしてやってくれないかって」

「え⁉」

おどろき、パパの目《め》を見《み》たら、パパは持《も》っていたスプーンを置《お》いた。

「カノンは、どうしたい？」

どうしたい？

「パパは……、わたしがどうすればいいと思《おも》う？」

「パパは、ここにいてほしいって思《おも》ってる。でも、カノンの負担《ふたん》を考《かんが》えたら、おばあちゃんの家《いえ》にいた方《ほう》が楽《らく》なのかもしれない」

パパの言葉《ことば》にわたしは声《こえ》が出《で》なくなってしまう。

だって、パパのことだもん。

『このままパパと一緒《いっしょ》に暮《く》らそう？』

絶対《ぜったい》に、そう言《い》ってくれると思《おも》っていたのに。

「……、そうだね、その方《ほう》がパパも楽《らく》だもんね。じゃあ、そうしようかな」

やだ、言《い》おうと思《おも》っていたこととまるで反対《はんたい》だ。

涙《なみだ》が落《お》ちる前《まえ》に、席《せき》を立《た》つ。

「宿題《しゅくだい》、あるから部屋《へや》に戻《もど》るね」

「待《ま》ってカノン、まだ話《はなし》が終《お》わってないから」

あわてて立《た》ち上《あ》がるパパに首《くび》を振《ふ》った。

「もう、わたしのために、仕事我慢《しごとがまん》しなくていいよ。パパ一人《ひとり》なら、好《す》きな時《とき》にご飯食《はんた》べてもいいし、外食《がいしょく》したっていいでしょ？　わたしも、おばあちゃんの家《いえ》に行《い》ったら、部活《ぶかつ》入《はい》ってさ。おばあちゃんにご飯作《はんつく》ってもらえて楽《らく》だし。ほら、わたしがいなかったらパパ、再婚《さいこん》だってしやすいでしょ？　だから」

ああ、ダメだ。

わたしってばウソが下手《へた》だ。

笑《わら》ったはずなのに、ボトリと落《お》ちた涙《なみだ》が、次《つぎ》から次《つぎ》へとあふれ出《だ》す。

「まいったな、パパはカノンに捨《す》てられちゃうのか」

目《め》の前《まえ》に立《た》ったパパの声《こえ》が鼻声《はなごえ》で、だけど涙《なみだ》でボヤけちゃってよく見《み》えない。

「パパは、カノンと食《た》べるご飯《はん》が楽《たの》しくて、毎日早《まいにちはや》く帰《かえ》ってきてるんだ。一人《ひとり》のご飯《はん》なんか全然美味《ぜんぜんおい》しくないって知《し》ってるし」

思《おも》い出《だ》したのは、パパが昔話《むかしばなし》してくれたこと。

パパが大学《だいがく》を卒業《そつぎょう》した頃《ころ》、パパのお母《かあ》さんとお父《とう》さんは交通事故《こうつうじこ》で亡《な》くなってしまったんだ。

兄弟《きょうだい》もいなくて、それからずっとパパは一人《ひとり》だったんだって。

ママと出会《であ》って家族《かぞく》になってわたしが生《う》まれて。

家族《かぞく》が増《ふ》えたのが本当《ほんとう》に本当《ほんとう》にうれしかった、一人《ひとり》のご飯《はん》は冷《つめ》たくて美味《おい》しくないんだよ、ってそう話《はな》してくれたんだった。

「今日《きょう》、本当《ほんとう》は餃子《ギョーザ》焦《こ》がしちゃって、そういう時《とき》もいっぱいあってね」

「でも水餃子《すいギョーザ》にすること考《かんが》えつくなんて、すごいやカノンは！」

「わたし、ここにいたい！　パパと一緒《いっしょ》にいたい！　いてもいいよね」

「あたりまえだよ、パパだってカノンと一緒《いっしょ》に暮《く》らしていたいから」

パパの胸《むね》に飛《と》び込《こ》んだら痛《いた》いくらい抱《だ》きしめてくれて、お互《たが》いにワンワン泣《な》いた。

途中《とちゅう》で、どこかから「よかったな」って声《こえ》が聞《き》こえてパパがビクリとした。

わたしはそれに笑《わら》ってしまって、パパも泣《な》き笑《わら》い。

おばあちゃんには、ごめんなさいって電話《でんわ》した。

最初《さいしょ》は、がっかりしていたけれど、一年《いちねん》に二度《にど》はパパと遊《あそ》びに行《い》くから、で納得《なっとく》してくれた。

離《はな》れて暮《く》らしているけれど、おばあちゃんやおじいちゃんもわたしの家族《かぞく》であることはこれからも一緒《いっしょ》だ。

10 王子《おうじ》の笑顔《えがお》

「一体《いったい》、どういうことなのよ!!」

「お、お待《ま》ちください、カノンどの！　これには理由《りゆう》があるのです！　王子《おうじ》には悪気《わるぎ》などないのです。私《わたくし》の話《はなし》を聞《き》いたなら、きっとカノンどのも」

「フィ太郎《たろう》さんは黙《だま》っていて。わたしは王子《おうじ》に言《い》ってるの！　理由《りゆう》があれば、何《なに》をしたっていいわけじゃないよね？　王子《おうじ》がジュノくんのことキライなのは知《し》ってるよ？　でもさ、だからといってコレはない！　ひどすぎる！」

涙目《なみだめ》の私《わたし》が指《ゆび》さしたのは、机《つくえ》の前《まえ》に貼《は》られた騎士《ナイト》のポスターだ。

ジュノくんを中心《ちゅうしん》にして囲《かこ》むようにメンバー全員《ぜんいん》がタキシード姿《すがた》で並《なら》んでいるポスター。

そのど真《ま》ん中《なか》が破《やぶ》れているのってどういうこと？

しかも、ジュノくんの鼻《はな》のあたりからまっ二《ぷた》つに。

「仕方《しかた》がないだろう」

ふうっと額《ひたい》の汗《あせ》をぬぐって、面倒《めんどう》くさそうに返事《へんじ》をした王子《おうじ》。

それはどう見《み》ても、申《もう》し訳《わけ》ないなど一《ひと》つも思《おも》っていない仕草《しぐさ》。

「仕方《しかた》がない理由《りゆう》ってなに？」

百歩譲《ひゃっぽゆず》ってそんな理由《りゆう》があれば教《おし》えてほしい。

願《ねが》わくばわたしが許《ゆる》すと思《おも》えるようなものであってほしいのに。

「剣《けん》の先《さき》が偶然《ぐうぜん》あたった、それだけのことだ」

剣《けん》の先《さき》？

王子《おうじ》の腰《こし》にぶら下《さ》がっている、爪楊枝《つまようじ》サイズの剣《けん》……、こ、これか——!!

「え、ちょっと、待《ま》って！　部屋《へや》の中《なか》で剣《けん》を振《ふ》り回《まわ》したわけ？　サイテー、本当《ほんとう》にサイテー！　人《ひと》の部屋《へや》で剣《けん》の稽古《けいこ》でもしてたの？　そんで、ポスター破《やぶ》いちゃった？　で？　王子《おう》には悪気《わるぎ》はなかったから、許《ゆる》してやれって？」

ねえ、そういうこと？

と、腕《うで》を組《く》み話《はなし》にならない王子《おうじ》ではなく、フィ太郎《たろう》さんをにらんだら、フルフルと頭《あたま》を振《ふ》って。

「違《ちが》うのでございますよ、王子《おうじ》は剣《けん》の練習《れんしゅう》ではなく」

「よい、フィリップ。説明《せつめい》したところで納得《なっとく》はするまい。だがな、カノン。オマエ、他《ほか》にもいっぱい似《に》たようなのを持《も》っていただろうが。こんな紙切《かみき》れ一枚破《いちまいやぶ》れたところでそんなに怒《おこ》ることとでも」

その瞬間《しゅんかん》、部屋中《へやじゅう》にボキボキボキッという不気味《ぶきみ》な音《おと》が響《ひび》き渡《わた》った。

うん、わたしが怒《いか》りに任《まか》せて指《ゆび》を鳴《な》らした音《おと》だ。

「おやめください、カノンどのっ!!」

毛《け》を逆立《さかだ》てて、シャアシャア鳴《な》きながら必死《ひっし》の形相《ぎょうそう》で王子《おうじ》の前《まえ》に立《た》ちはだかるフィ太郎《たろう》さん。

その後《うし》ろで紫色《むらさきいろ》の生意気《なまいき》そうな目《め》がわたしを見上《みあ》げている。

「もう、いいよ」

その目《め》を見《み》ていて、よーーくわかったもの。

謝《あやま》る気《き》などない、自分《じぶん》が悪《わる》いなんて全然《ぜんぜん》思《おも》っていないんでしょ？

「カノンどの、それはどういう意味《いみ》の」

「フィリップ、わからぬのか？　カノンは気《き》づいたのであろう。紙切《かみき》れ一枚《いちまい》で言《い》い争《あらそ》うなど、実《じつ》にくだらないということに」

「そうだね、本当《ほんとう》にくだらない。人《ひと》の気持《きも》ちがわからない人《ひと》には、なにを言《い》っても無駄《むだ》だってわかったから、もうなにも言《い》わないよ」

もう怒《おこ》るのを通《とお》り越《こ》して呆《あき》れるしかない。

「王子《おうじ》にとっては、ただの紙切《かみき》れ一枚《いちまい》かもしれない。でもね、わたしにとっては大事《だいじ》なものだったの」

このポスターのジュノくんの笑顔《えがお》を見《み》て、元気《げんき》になれる気《き》がして買《か》ったものだった。

そんな大事《だいじ》なものを破《やぶ》かれた気持《きも》ち、きっとなんでも持《も》ってる王子《おうじ》にはわからないんだ。

悔《くや》しくてこぼれそうになる涙《なみだ》を気《き》づかれぬようにぬぐった。

「カノン、実《じつ》は、その」

なにか言《い》いかけた王子《おうじ》を無視《むし》し、フィ太郎《たろう》さんだけを抱《かか》えて部屋《へや》のドアを開《あ》ける。

「カノン?」

王子《おうじ》の声《こえ》にうなずくこともせず、背中《せなか》を向《む》けて後《うし》ろ手《で》にドアを閉《し》め、階段《かいだん》を下《お》り始《はじ》める。

「カ、カノンどの?」

「フィ太郎《たろう》さん、わたし、しばらく王子《おうじ》と口《くち》きかないんで」

「や、やはりまだ怒《おこ》ってらっしゃるのですか」

「あたりまえでしょ、わたしの宝物《たからもの》を破《やぶ》いたこと、どんな理由《りゆう》があっても一生許《いっしょうゆる》さないんだから」

「ですが……」

「せめて!」

「はい?」

「せめて一言《ひとこと》『悪《わる》かった』って言《い》ってくれたら、まだよかった。なんなの? 自分《じぶん》が悪《わる》かったなんて全然思《ぜんぜんおも》ってなさそうなあのエラそうな態度《たいど》は! まるで王様《おうさま》……、じゃないか、でもそうね、王子様《おうじさま》だものね。自分《じぶん》が悪《わる》いだなんて思《おも》ってないのかもしれないけど」

それでも前《まえ》に、ドールハウスに対《たい》し粗末《そまつ》だと言《い》ったことを、パパとママからのプレゼントだと知《し》って『悪《わる》かった』と謝《あやま》ってくれたこともあったのに――。

マコちゃんを探《さが》してくれたり、ニコ王子《おうじ》への気持《きも》ちに気《き》づいた日《ひ》のこと。

それにわたしとパパとの関係《かんけい》だって、自分《じぶん》のことのように考《かんが》えてくれてはげましてくれて。

すごく、うれしかったし、王子《おうじ》のこと少《すこ》しはいい人《ひと》だなんて、見直《みなお》していたのに……。

だからこそ悲《かな》しくなったのだ。

やっぱり王子《おうじ》は王子《おうじ》のまま、出会《であ》った時《とき》に感《かん》じた、自分勝手《じぶんかって》で人《ひと》の心《こころ》がわからない……。

そうだった、だからこそ人間界《にんげんかい》に飛《と》ばされたんだもんね。

王子《おうじ》を信用《しんよう》しかけていたわたしがどうかしていたのかも。

「ご飯《はん》の支度《したく》するから、リビングで待《ま》っててね、フィ太郎《たろう》さん」

「あ、あの、王子《おうじ》のディナーは」

「ちゃんと用意《ようい》するよ、わたしだってそこまで鬼《おに》じゃない」

エプロンをつけながらそう答《こた》えたら、フィ太郎《たろう》さんはホウッと息《いき》をはいて、だけどリビングに行《い》く様子《ようす》はなくわたしの足元《あしもと》を落《お》ち着《つ》かなさそうにウロウロしている。

「もしかして、フィ太郎《たろう》さん、もうお腹空《なかす》いちゃった？　少《すこ》し早《はや》めにご飯食《はんた》べる？」

ネコ缶《かん》を開《あ》けようとしたら、ブルンブルンと首《くび》を振《ふ》る。

「三日前《みっかまえ》からでしたでしょうか。カノンどのは、腕《うで》や頬《ほお》を掻《か》きむしっておられるでしょう？」

「そうそう、どこからか蚊《か》が入《はい》っちゃったみたいで」

言《い》われると思《おも》い出《だ》して途端《とたん》にかゆくなる。

今年《ことし》の秋《あき》は夏《なつ》の延長《えんちょう》みたいに暑《あつ》いせいか、この時期《じき》になってもまだ蚊《か》が発生《はっせい》していた。

三日前《みっかまえ》に蚊《か》に刺《さ》されたのは、頬《ほお》、その次《つぎ》の日《ひ》は足《あし》、そして今朝《けさ》は腕《うで》。

頬《ほお》の方《ほう》はもうだいぶいいけど、足《あし》や腕《うで》はまだ赤《あか》くプックリと膨《ふく》らんでいる。

どこにかくれているのか姿《すがた》は見《み》えないのだけれど、夜《よる》になり電気《でんき》を消《け》すと、いまだにブーンという蚊《か》の羽音《はおと》が聞《き》こえてくる。

そうだ、思《おも》い出《だ》した！

わたしが頬《ほお》を刺《さ》され少《すこ》しだけ腫《は》れた時《とき》、王子《おうじ》が『カノン、オマエ実《じつ》に面白《おもしろ》い顔《かお》になっているな』って首《くび》をかしげていたことを。

人《ひと》の顔見《かおみ》て面白《おもしろ》いってなによ、ムカつく！

ムカついた勢《いきお》いでお米《こめ》をといで、スイッチを入《い》れる。

「カノンどのは、蚊《か》という人《ひと》の生《い》き血《ち》を吸《す》う生物《せいぶつ》に毎夜《まいよ》刺《さ》されているとのことですが」

「そう、それ！　まだいるよね！　今朝《けさ》も刺《さ》されたし」

左《ひだり》ふくらはぎを右《みぎ》のつま先《さき》で掻《か》きながら、玉《たま》ネギとウィンナーとピーマンを鬼《おに》の形相《ぎょうそう》で刻《きざ》む。

「王子《おうじ》が言《い》っておりました。暗闇《くらやみ》の中《なか》で、毎夜不気味《まいよぶきみ》な羽音《はおと》が聞《き》こえると。それは、カノンどののイビキに」

「イビキ!?」

「あ、いえ、すこやかなる寝息《ねいき》に誘《さそ》われるように羽《は》ばたいているとのこと。なにぶん暗闇《くらやみ》の中《なか》では王子《おうじ》も防《ふせ》ぐ手立《てだ》てはなく。ですが、今朝《けさ》になりようやく日中《にっちゅう》、蚊《か》なる生物《せいぶつ》がかくれている場所《ばしょ》を見《み》つけたそうでございます」

「ええっ？　どこにかくれてたの？　やだ、絶対見《ぜったいみ》つけたい！　もう刺《さ》されたくない！」

「それは大丈夫《だいじょうぶ》でございます。先《さき》ほど王子《おうじ》が成敗《せいばい》なさいましたから」

「成敗《せいばい》？」

「さようでございます。蚊《か》が日中《にっちゅう》かくれていたのは、なんと」

「なんと？」

真剣《しんけん》に真《ま》っ赤《か》な目《め》をしたフィ太郎《たろう》さんに、わたしも緊張《きんちょう》してしまいゴクンと息《いき》をのむ。

ボールに割《わ》り入《い》れた卵《たまご》をシャカシャカと泡《あわ》だて器《き》でかきまぜる手《て》も緊張《きんちょう》で速《はや》さを増《ま》す。

「ただとまっていたのですよ。先《さき》ほど、王子《おうじ》が破《やぶ》いてしまった、あの騎士《きし》らの」

「え？　ポスター？」

「そうです、ポスターという代物《しろもの》！　カノンどのの『推《お》し』であるジュノ様《さま》の黒《くろ》い髪《かみ》の毛《け》に同化《どうか》するように、ずっととまっていただけだったのです」

「ゆ、ゆ、ゆ、許《ゆる》せな――い！　選《よ》りに選《よ》ってわたしのジュノくんの髪《かみ》の毛《け》に蚊《か》がとまってたなんて――！」

冷蔵庫《れいぞうこ》からバターを出《だ》しながら悲鳴《ひめい》に近《ちか》い叫《さけ》び声《ごえ》を上《あ》げて、ハッと気《き》づく。

「フィ太郎《たろう》さん……、もしかしてだけどポスターが破《やぶ》れたのって」

「ええ、今《いま》カノンどのが想像《そうぞう》している通《とお》りでございましょうぞ」

小《ちい》さな王子《おうじ》が机《つくえ》の上《うえ》からジャンプして蚊《か》だけを剣《けん》でやっつけようとした。

でも、なにかの拍子《ひょうし》でポスターごと斬《き》ってしまった、そういうことなんだろう。必死《ひっし》な顔《かお》で蚊《か》をやっつけようとしている王子《おうじ》の姿《すがた》を想像《そうぞう》してしまったら、なんだかあんなに怒《おこ》っていたのがすうっと引《ひ》いていく。

「……、バカ、王子《おうじ》のバカ」

「それがルカ王子《おうじ》なのですよ、そういう不器用《ぶきよう》な方《かた》ですから。ただカノンどののために、蚊《か》だけを成敗《せいばい》したかった、それは違《ちが》いありません。カノンどのが、かゆそうにしている様《さま》をずっと心配《しんぱい》そうに見《み》ておりましたから。蚊《か》に刺《さ》されたところから全身《ぜんしん》に毒《どく》が回《まわ》ってしまうなんてことはないのだろうか？　と真剣《しんけん》な顔《かお》で私《わたくし》におっしゃっておられましたし。魔法《まほう》の国《くに》にはそういった悪《わる》い類《たぐい》の虫《むし》も生息《せいそく》しておりますのでね」

さっきみじん切《ぎ》りにした玉《たま》ネギが今更目《いまさらめ》にしみて、鼻《はな》のあたりがグズグズする。

「早《はや》く言《い》ってよ、フィ太郎《たろう》さんってば」

「さっき言《い》おうとしたのにカノンどのが聞《き》いてくださらなかったじゃありませんか」

「そうだけど」

まさか、そんな風《ふう》に心配《しんぱい》してくれていたなんて思《おも》ってなかったんだもん。

フライパンにバターを溶《と》かして、ていねいに玉《たま》ネギ、ピーマン、ウィンナーとごはんを炒《いた》める。

ケチャップで味《あじ》つけし、大《おお》きなお皿《さら》に二《ふた》つ、小《ちい》さな小《ちい》さなお皿《さら》には、これでもかってぐらい山盛《やまも》りにしたケチャップライスをのせた。

溶《と》き卵《たまご》を半熟《はんじゅく》に焼《や》き、それぞれのお皿《さら》にお布団《ふとん》みたいにかけて、オムライスのできあがり！

パパの分《ぶん》はラップをし、わたしと王子《おうじ》のオムライスにはケチャップをかけて、スープやお水《みず》のコップと共《とも》にトレイにのせた。

二階《にかい》に上《あ》がる前《まえ》にネコ缶《かん》を開《あ》けたら、うにゃうにゃと美味《おい》しそうに食《た》べ始《はじ》めるニャ太郎《たろう》化《か》したフィリップさんに声《こえ》をかける。

「仲直《なかなお》りしてくるね」

食《た》べるのをやめわたしを見上《みあ》げた目《め》は、一瞬《いっしゅん》だけ赤《あか》く光《ひか》ってウィンクするようにまばたきしていた。

さて、どうやって話《はな》そうか。

さっき王子《おうじ》がなにか言《い》いかけてたのも無視《むし》しちゃったし。

怒《おこ》ってるかな？

いや、でもわたしだって怒《おこ》ってたし……。

階段《かいだん》を上《あ》がり、自分《じぶん》の部屋《へや》の前《まえ》でスウッと息《いき》を吸《す》い込《こ》み、ノックする。

「王子《おうじ》、ご飯持《はんも》ってきたよ～」

静《しず》かにドアを開《あ》けたら、どこかで何《なに》かが動《うご》く音《おと》。

王子《おうじ》ってば不貞寝《ふてね》しちゃってる？

一瞬《いっしゅん》ドールハウスをのぞき、机《つくえ》の上《うえ》にトレイをのっけてから気《き》づく。

「えっ、なんで？　王子《おうじ》!?」

机《つくえ》の上《うえ》にウンウン唸《うな》り倒《たお》れ込《こ》んでいる王子《おうじ》がそこにいた。

「王子《おうじ》？　ねえ、王子《おうじ》、どうしたの？　誰《だれ》にやられたの？」

苦《くる》しそうに青《あお》ざめた顔《かお》で倒《たお》れている王子《おうじ》。

まさか、蚊《か》がまだ生《い》きていて、王子《おうじ》を刺《さ》しちゃったとか？

王子《おうじ》、小《ちい》さいんだもん。

蚊《か》に刺《さ》されたら、それこそ一大事《いちだいじ》なんじゃ……？

倒《たお》れ込《こ》み苦《くる》しげな王子《おうじ》を手《て》のひらにのせたら、なんだかベタッと貼《は》りついた。

ん？　ベタ？

「……、助《たす》けてくれ、カノン……」

グッタリしていた王子《おうじ》の目《め》が開《ひら》き、悲《かな》しげな紫色《むらさきいろ》の瞳《ひとみ》がわたしを見上《みあ》げている。

手《て》も足《あし》も動《うご》かない王子《おうじ》……、というか、王子《おうじ》？

本当《ほんとう》に誰《だれ》にやられたの？

セロハンテープでグルグル巻《ま》きにされちゃってるじゃないの！

「ちょっと痛《いた》いかもしれないけど、我慢《がまん》してね」

ゆっくりゆっくりそれを引《ひ》きはがすと、痛《いた》そうに顔《かお》をしかめながらも血色《けっしょく》が良《よ》くなってくる王子《おうじ》。

苦《くる》しそうだったのはキツく体《からだ》に巻《ま》きついているからのよう。

何重《なんじゅう》にも巻《ま》かれたセロハンテープだけど、髪《かみ》の毛《け》にまではついていなくて幸《さいわ》いだった。

一体《いったい》、なんでこんなことに、と問《と》いただそうとして目《め》の前《まえ》のポスターの様子《ようす》が変《か》わっていることに気《き》づく。

もしかして、王子《おうじ》ってば、王子《おうじ》ってば……。

「ポスター直《なお》そうとしてたの？　王子《おうじ》」

わたしが以前《いぜん》、破《やぶ》れたノートを貼《は》り合《あ》わせるためセロハンテープを使《つか》っていたのを見《み》ていたんだろうなあ。

真《ま》っ二《ぷた》つに破《やぶ》れたポスターのところどころに、テープが貼《は》ってある。

それは、サトルンの鼻《はな》や他《ほか》のメンバーの唇《くちびる》だったりして、全然《ぜんぜん》ジュノくんは直《なお》っていないんだけど。

ジャンプしてセロハンテープで貼《は》り合《あ》わせてくれようとしていたのかな。

そのうち、セロハンテープにからまっちゃって、どうしようもできなくなってしまって。

「王子《おうじ》が魔法《まほう》で大《おお》きくなればセロハンテープ取《と》れたんじゃないの？」

「机《つくえ》の上《うえ》でそんな魔法《まほう》を使《つか》えば、また何《なに》か壊《こわ》してしまうだろう」

「じゃあ、ポスターを魔法《まほう》で直《なお》しちゃえばよかったのに」

それならばさっきみたいな目《め》にあわなくてすんだのに。

「魔法《まほう》で直《なお》しても、オレが魔法界《まほうかい》へと帰《かえ》った後《あと》はまた破《やぶ》れたポスターに戻《もど》るのだ。それを見《み》て、わけのわからぬオマエがまた悲《かな》しむのは後味《あとあじ》が悪《わる》い。だが、そうだな。だったら大《おお》きくなってからポスターを修復《しゅうふく》すればよかったのだな」

今気《いまき》づいたとクックと苦笑《くしょう》する王子《おうじ》を見《み》ていたら、なんだかどうだってよくなってくる。

「ありがとう、王子《おうじ》。フィ太郎《たろう》さんにも聞《き》いたよ？　蚊《か》、退治《たいじ》してくれたんでしょう？」

「……まあ、なかなかに手強《てごわ》くて、それで」

気《き》まずそうに鼻《はな》の頭《あたま》をポリポリとかいた王子《おうじ》。

「うん、そうだよね。蚊《か》って結構《けっこう》すばやいし」

「だが、悪《わる》かった。その、紙切《かみき》れなどと……。カノンにとっては大事《だいじ》なものだったのだろう」

「まあね、初《はじ》めて買《か》った騎士《ナイト》グッズだったし。今《いま》はもう売《う》ってないかもね」

アカンベエとしてみせたら、「うっ」と言葉《ことば》に詰《つ》まる王子《おうじ》に笑《わら》った。

「すまぬな、カノン。余計《よけい》にひどいことになってしまって」

チラリと王子《おうじ》が見上《みあ》げるポスターにはセロハンテープがあちこちにくっついていて、もはや修復《しゅうふく》は不可能《ふかのう》そうだ。

「同《おな》じものを用意《ようい》することはできぬようだが、オマエの願《ねが》いをなにか一《ひと》つ叶《かな》えてやりたい……、その、オレができる範囲《はんい》でとなるが」

「……、ちょっと考《かんが》えてもいい？」

コクンとうなずく王子《おうじ》ににんまり。

「先《さき》に食《た》べよ？　その間《あいだ》に考《かんが》えておく」

本当《ほんとう》はもう考《かんが》えてあったりする。

謝《あやま》ってくれたし、その理由《りゆう》がわたしのことを思《おも》って、だったのだから許《ゆる》してはいるの。

だけど、せっかく願《ねが》いごとを叶《かな》えてくれるというならばやってもらおう。

テーブルに並《なら》べてあげたオムライスを見《み》て、王子《おうじ》の口元《くちもと》がゆるんでいる。

「どうぞ、召《め》し上《あ》がれ」

「うむ、いただきます」

最近《さいきん》はわたしの真似《まね》をして、手《て》を合《あ》わせてからご飯《はん》を食《た》べる王子《おうじ》。

スプーンにのった山盛《やまも》りのオムライスをパクンと頬張《ほおば》って。

「カノン、これはなんという食《た》べ物《もの》であるか？　美味《びみ》であるぞ」

目《め》をキラキラさせて、どんどん頬張《ほおば》っていく王子《おうじ》が、この後《あと》あんなに不機嫌《ふきげん》な顔《かお》になるなんて思《おも》わなかった。

わたしのお願《ねが》い、それは——。

「あのね、王子《おうじ》。このポスターのジュノくんの衣装《いしょう》で等身大《とうしんだい》になって」

「は？」

「だから、ジュノくんの衣装《いしょう》で大《おお》きくなって。写真撮《しゃしんと》らせてよ」

「なっ、なぜ、オレがジュノの代《か》わりになど」

「ウソだったの？　さっきの……。王子《おうじ》、わたしの願《ねが》いごと叶《かな》えてくれるって、そう言《い》ったのに」

ズルかったとは思《おも》うよ？

だけど、そこはホラ、目《め》を潤《うる》ませて泣《な》き真似《まね》をしてみたら……。

「わかった！　わかったからそんな目《め》で見《み》るな」

あわてた王子《おうじ》は床《ゆか》に飛《と》び降《お》りた。

ごめん、王子《おうじ》！

でも、等身大《とうしんだい》のジュノくん王子《おうじ》が見《み》てみたいの！

祈《いの》るように手《て》を合《あ》わせるわたしの前《まえ》で、まばゆい光《ひかり》が王子《おうじ》から発《はっ》せられ、ギュッと目《め》をつぶった。

「これでいいのか？」

ゆっくりと目《め》を開《あ》けた視線《しせん》の先《さき》には、ジュノくんがいた。

黒《くろ》いタキシード、ワックスで整《ととの》えられた髪型《かみがた》。

ポスターから飛《と》び出《で》てきたみたいで、感動《かんどう》で言葉《ことば》にならない。

ジュノくん、好《す》きです、大《だい》ファンですと言《い》いかけたわたしより先《さき》に、薄《うす》い唇《くちびる》がゆっくりと開《ひら》き。

「早《はや》くしろ、三分《さんぷん》で終《お》われ」

ものすごい不機嫌《ふきげん》オーラを全開《ぜんかい》にして腕《うで》を組《く》み、わたしを見下《みお》ろす……、うん、王子《おうじ》だったね。

「ジュノくんはいつも笑顔《えがお》なの。ポスターの笑顔覚《えがおおぼ》えてるでしょ？」

「知《し》らん」

「ひどい、ちゃんとやって！　ねえ、笑顔《えがお》作《つく》って！」

「オレはオマエの言《い》う通《とお》り、ジュノの衣装《いしょう》で等身大《とうしんだい》になっただけだ、笑顔《えがお》までは言《い》われていない！」

そうだった、その通《とお》り過《す》ぎてなにも言《い》い返《かえ》せない。

ブスッと口《くち》をとがらせてスマホをタップするわたしをにらみつける王子《おうじ》にため息《いき》が出《で》る。

でも撮《と》らせてはくれてるんだよね、素直《すなお》に。

王子《おうじ》ってこういうとこ、あるんだよね。

最近《さいきん》ね、一緒《いっしょ》にいると楽《たの》しいんだよ。

怒《おこ》ってる顔《かお》してるけど、本当《ほんとう》は怒《おこ》ってないでしょ？

「ねえ、王子《おうじ》」

「なんだ？」

「一緒《いっしょ》に写真撮《しゃしんと》ろう？」

「は？」

王子《おうじ》の隣《となり》に立《た》つと二人《ふたり》の顔《かお》が映《うつ》るようにスマホを構《かま》えた。

「王子《おうじ》が帰《かえ》っちゃうとさ」

「帰《かえ》れるかどうかはわからんが」

「う、うん、そうだった。でも、帰《かえ》っちゃったらさ？」

「ん？」

「二度《にど》と一緒《いっしょ》に写真《しゃしん》なんか撮《と》れないじゃん。この写真《しゃしん》も消《き》えてしまうとは思《おも》うけど、それでも欲《ほ》しいんだ」

「ジュノに似《に》せた笑顔《えがお》をか？」

「ううん、王子《おうじ》との思《おも》い出《で》」

スマホの中《なか》で並《なら》んだ王子《おうじ》が困《こま》ったように、ふしめがちに視線《しせん》を落《お》とした。

「だから笑《わら》ってよ、王子《おうじ》の笑顔《えがお》で！　ジュノくんに似《に》てなくたっていい」

笑《わら》って？　ジュノくんじゃなくていい。

わたしは今《いま》、王子《おうじ》と写真《しゃしん》が撮《と》りたいんだ。

スマホ越《ご》しにわたしをじっと見《み》つめていた王子《おうじ》が、ふんっと鼻《はな》で息《いき》をして、

「カノン」

「なに？」

「そなた、実《じつ》に面白《おもしろ》い顔《かお》をしているな」

「はあ？　面白《おもしろ》いってなによ」

わたしが頬《ほお》を膨《ふく》らました瞬間《しゅんかん》、王子《おうじ》がクスリと笑《わら》った。

その顔《かお》、もらった、と何回《なんかい》かタップする。

スマホの中《なか》で二人《ふたり》して歯《は》を見《み》せながら笑《わら》っている写真《しゃしん》ができあがっていた。

「これ、ポスターにしちゃおっかな」

「やめろ、恥《は》ずかしい！　そんなことしようものなら、スマホごと壊《こわ》れるように、明日魔《あしたま》法《ほう》をかけてやるぞ！」

「ごめんなさい、それだけはやめて！」

悪《わる》ふざけがすぎたと手《て》を合《あ》わせたわたしを王子《おうじ》が見下《みお》ろして。

「もうだいぶ赤味《あかみ》が引《ひ》けたようだな、よかった」

蚊《か》に刺《さ》されたわたしの頬《ほお》をそっと触《さわ》る王子《おうじ》に、なんだかドキドキしてる……。

LOVE
JUNO

なんだろう、どうしちゃったんだろう。

「カノン？」

急《きゅう》に黙《だま》りこくったわたしをのぞき込《こ》む王子《おうじ》の紫色《むらさきいろ》の瞳《ひとみ》にわたしが映《うつ》っている。

その近《ちか》さにお互《たが》い、身動《みうご》きできずにいると。

「王子《おうじ》～！　カノンどの～？」

カリカリカリカリとドアを引《ひ》っかく音《おと》と共《とも》にフィ太郎《たろう》さんの声《こえ》。

わたしはあわてて、ドアの方《ほう》へ。

王子《おうじ》は元《もと》の小《ちい》さな王子《おうじ》に戻《もど》ってドールハウスへと潜《もぐ》り込《こ》む。

「どうです？　仲直《なかなお》りはできましたでしょうか？」

「多分《たぶん》ね、ね？　王子《おうじ》」

「フンッ」

知《し》らんとばかりに、ソファーでいつも通《どお》りふんぞり返《かえ》る王子《おうじ》と笑《わら》っているわたしを見比《みくら》べて、フィ太郎《たろう》さんは不思議《ふしぎ》そうに首《くび》をかしげて、

「まあ、仲直《なかなお》りできているのならよいのです」

満足《まんぞく》そうなその声《こえ》を聞《き》いて、王子《おうじ》と視線《しせん》がからむ。お互《たが》いフィ太郎《たろう》さんには気《き》づかれないように少《すこ》しだけ笑《わら》い合《あ》った。

11 忘《わす》れたくない王子《おうじ》の笑顔《えがお》

土曜日《どようび》、マーリンさんの誕生会《たんじょうかい》がいよいよ明日《あした》となったけれど、まだ王子《おうじ》が魔法界《まほうかい》に戻《もど》れるような感《かん》じではなさそう。

それでも、王子《おうじ》は考《かんが》えたのだと思《おも》う。

朝《あさ》、突然《とつぜん》……。

「いつぞや、カノンと一緒《いっしょ》に行《い》った遊園地《ゆうえんち》のある場所《ばしょ》に行《い》きたい」

「え？　またユニコーンに乗《の》るの？」

「そうではない、なにか、マーリンに」

そう言《い》ったまま口《くち》ごもってしまった王子《おうじ》の照《て》れたような顔《かお》を見《み》て気《き》づいた。

「もしかして、マーリンさんの誕生日《たんじょうび》プレゼントを選《えら》びたい？」

小《ちい》さくコクンとうなずいた王子《おうじ》を見《み》て、フィ太郎《たろう》さんもうれしそうに首《くび》をかしげている。

「何《なに》がいいかなあ、フィ太郎《たろう》さんも一緒《いっしょ》に選《えら》びたいでしょ？」

さあ、早《はや》くスマフィにと誘《さそ》うとフィ太郎《たろう》さんは首《くび》を振《ふ》る。

「カノンどのが選《えら》んでくださらないでしょうか？　マーリン様《さま》と同《おな》じ女性《じょせい》ですし、きっとその方《ほう》がいいでしょう」

ね、とウィンクしてフィ太郎《たろう》さんは、王子《おうじ》とわたしを見送《みおく》ってくれた。

家《いえ》から少《すこ》し離《はな》れたところで、王子《おうじ》はまた自分《じぶん》に魔法《まほう》をかける。

今日《きょう》もまた先日《せんじつ》ジュノくんが着《き》ていたような、黒《くろ》のスカジャン、モスグリーンのトレーナーにグレーのパンツ姿《すがた》。

これで三回目《さんかいめ》の等身大王子《とうしんだいおうじ》、なのに見慣《みな》れない、まだドキドキしてしまう。

一緒《いっしょ》に歩《ある》けば、皆《みんな》が王子《おうじ》を振《ふ》り返《かえ》る。

帽子《ぼうし》やマスクで顔《かお》立《だ》ちをかくしていても、わかってしまうんだろう。

モデルさんみたいに、かっこいい男《おとこ》の子《こ》だってこと。

「今《いま》の子《こ》、ジュノくんに似《に》てなかった？」

そんな声《こえ》が聞《き》こえると面白《おもしろ》くなさそうな顔《かお》をして。

「カノン」

「うん？」

「そんなに、似《に》ているか？　ジュノとオレは」

「まあ、ね？　似《に》てるかもね」

目《め》の色《いろ》は違《ちが》うけれど、確《たし》かにパッと見《み》たところがよく似《に》てる。

「似《に》てるけど、王子《おうじ》は王子《おうじ》だよ」

「は？」

「わたしには、もうわかる。もしジュノくんと王子《おうじ》が一緒《いっしょ》に並《なら》んでいて、目《め》の色《いろ》が同《おな》じだとしても、絶対《ぜったい》に王子《おうじ》のこと間違《まちが》えたりなんかしない」

突然《とつぜん》立《た》ち止《ど》まり、目《め》をまんまるにした王子《おうじ》がわたしをじっと見《み》つめていた。

「王子《おうじ》？」

声《こえ》をかけたら、あわてて歩《ある》き始《はじ》める。

「待《ま》って、ねえ、もうちょっとゆっくり歩《ある》いてよ」

長《なが》い足《あし》でスタスタ歩《ある》く王子《おうじ》に置《お》いていかれまいと隣《となり》に並《なら》んで見上《みあ》げたら王子《おうじ》の顔《かお》が……。

「ねえ、王子《おうじ》？　暑《あつ》いの？」

「暑《あつ》くなんかない」

「でも、顔《かお》、赤《あか》い、あっ」

「うるさい」

王子《おうじ》が怒《おこ》ったようにわたしをじとっとにらんだ瞬間《しゅんかん》、なんだかドキドキして王子《おうじ》が赤《あか》くなった理由《りゆう》がわかったような、気《き》がした。

まさか、ね？

駅《えき》ビル前《まえ》の人通《ひとどお》りが多《おお》い場所《ばしょ》、少《すこ》し後《うし》ろを歩《ある》くわたしに、ふりむいた王子《おうじ》が手《て》を伸《の》ばす。

な、なに、この手《て》？

もしかして？　もしかしなくても⁉

「人混《ひとご》みだ、はぐれるなよ」

「ひゃ、ひゃい‼」

キョドった挙句《あげく》に、ひゃいってなによ、なにかんじゃってるの⁉

差《さ》し出《だ》された手《て》をおずおずと握《にぎ》ったわたしに、王子《おうじ》の目元《めもと》が少《すこ》しだけ細《ほそ》くなった。

男《おとこ》の子《こ》と手《て》をつなぐなんて、幼稚園《ようちえん》の時《とき》の行進《こうしん》以来《いらい》かもしれない。

帽子《ぼうし》やマスクでもかくしきれていないオーラをまとうイケメンと手《て》をつないでいるのが、わたしでごめんなさい。

すれ違《ちが》う人《ひと》の目《め》に心《こころ》の中《なか》で謝《あやま》っているわたしに、

「多分《たぶん》、オレもわかると思《おも》う」

「うん？」

「カノンにそっくりな娘《むすめ》が現《あらわ》れたとしても、間違《まちが》えたりしない。オマエは一人《ひとり》しかいないからな」

ギュッとわたしの手《て》を力強《ちからづよ》く握《にぎ》ってくれる王子《おうじ》に、心臓《しんぞう》の音《おと》が伝《つた》わったらどうしよう。

ずっとドキドキしてる。

わたし、なんでこんなに耳《みみ》まで熱《あつ》いんだろう。

王子《おうじ》の一言一言《ひとことひとこと》に、心臓《しんぞう》のあたりがしめつけられるみたいに苦《くる》しくなっちゃうの。

お店《みせ》のウィンドーに映《うつ》るわたしと王子《おうじ》。

まるでデートでもしているみたいで、うれしくてはずかしい。

「王子《おうじ》、プレゼントって何《なに》にするか決《き》めてるの？」

「ああ、一応《いちおう》な。マーリンは、甘《あま》いものが好《す》きらしいのだ。カノンのオススメはないか？　なにか珍《めずら》しい菓子《かし》でも、と」

「王子《おうじ》？」

言《い》いかけて急《きゅう》に足《あし》を止《と》めた王子《おうじ》が、わたしの手《て》を離《はな》しズンズンと足《あし》を速《はや》める。

あわててその後《あと》を追《お》うと、道《みち》の端《はし》でしゃがみ込《こ》んでいるおばあさんのそばで王子《おうじ》が足《あし》を止《と》めたのだった。

「い、いかがした？　どこか具合《ぐあい》でも悪《わる》いのか？」

目線《めせん》を合《あ》わせるようにしゃがみ込《こ》む王子《おうじ》が、おばあさんの額《ひたい》に触《ふ》れる。

「熱《ねつ》はないようだが、顔色《かおいろ》が悪《わる》い。寒《さむ》いのか？」

そう言《い》うと王子《おうじ》は自分《じぶん》の上着《うわぎ》を脱《ぬ》ぎ、おばあさんにかける。

細《ほそ》い体《からだ》の小《ちい》さなおばあさんがガタガタと震《ふる》えていたからだ。

「カノン、このあたりに医師《いし》はおらぬか？　もしくは、薬師《くすし》や、そうだな、回復魔法《かいふくまほう》を操《あやつ》る術者《じゅつしゃ》など」

「病院《びょういん》ならあるかも」

絶対《ぜったい》に術者《じゅつしゃ》はいないけどね、というのは心《こころ》の中《なか》でおさえた。

だって王子《おうじ》がとっても必死《ひっし》な顔《かお》をしていたから。

「カノン、病院《びょういん》まで道案内《みちあんない》をせい！　年老《としお》いた者《もの》よ、オレの背《せ》に乗《の》れ！　遠慮《えんりょ》などせずに」

顔《かお》をおおい、ブルブルと震《ふる》えていたおばあさんが、クックックと苦《くる》しそうな声《こえ》を……、
いや、笑《わら》っている⁉

王子《おうじ》もそれに気《き》づいたらしく、おばあさんを振《ふ》り返《かえ》ってのぞき込《こ》むと、

「やればできるじゃないの、ルカ王子《おうじ》」

「そ、そなたは、」

ゲラゲラと泣《な》き笑《わら》いしたおばあさんが、紫色《むらさきいろ》のドレスをまとったふくよかでエレガントなおばあさまに姿《すがた》が変《か》わっていく。

わけがわからず口《くち》をパクパクさせているわたしの横《よこ》で。

「そなたは、マーリン⁉」

え？　マーリンって、王子《おうじ》をちっさくして人間界《にんげんかい》に追放《ついほう》したという大魔女様《おおまじょさま》？

ええっ!?　小《ちい》さなおばあさんに変身《へんしん》していたってこと!?

目《め》をゴシゴシこすって目《め》の前《まえ》の現実《げんじつ》を受《う》け止《と》められないでいるわたしに、マーリンがウインクをしてみせた。

気《き》づけば、街中《まちなか》を歩《ある》く人《ひと》たちが動《うご》きを止《と》めている。

これがマーリンさんの魔法《まほう》の力《ちから》？　すごい!!

「ごきげんよう、カノンさん。あなたのおかげで、ようやくルカ王子《おうじ》にも人《ひと》としての心《こころ》が芽生《めば》えたみたい。民衆《みんしゅう》を束《たば》ねる王《おう》になるには必要《ひつよう》なものですからね、ご協力《きょうりょく》に感謝《かんしゃ》いたしますわ。本当《ほんとう》にありがとう！」

「いえ、あの、そんなっ」

マーリンさんがドレスを両手《りょうて》で持《も》ち、ごあいさつをしてくれるので、わたしもあわてて頭《あたま》を下《さ》げる。

「……、だましおったのか、マーリン」

王子《おうじ》の声《こえ》がふるえている。

怒《おこ》っているようで、マーリンさんをにらみつけていた。

「本気《ほんき》で心配《しんぱい》したのだぞ？　どこか具合《ぐあい》が悪《わる》いのかと。なのに」

「それに関《かん》しては本当《ほんとう》に本当《ほんとう》にごめんなさいね、ルカ王子《おうじ》。ただ、あなたの心《こころ》を見極《みきわ》めるのには必要《ひつよう》なことだったのよ。なんの見返《みかえ》りもなく、名《な》も知《し》らない者《もの》を助《たす》けるなんて、以《い》前《ぜん》のあなたにできたと思《おも》う？」

「っ、」

「だって、平気《へいき》で私《わたし》の悪口《わるぐち》を言《い》っていたような人《ひと》よ？　一《いっ》か月前《げつまえ》の王子《おうじ》なら、そ知《し》らぬふりで通《とお》り過《す》ぎていたでしょうよ」

クスクスとからかうように笑《わら》うマーリンさんに王子《おうじ》は、悔《くや》しそうに唇《くちびる》をかんでいた。

「あの、」

「はい？」

声《こえ》をかけたわたしにマーリンさんがもう一度《いちど》こちらを向《む》いた。

「王子《おうじ》はですね」

「ええ」

「わたしを助《たす》けてくれました。一人《ひとり》で解決《かいけつ》してしまおうとしたわたしを叱《しか》って、一緒《いっしょ》に考《かんが》えてくれたんです。だからわたしも家族《かぞく》と向《む》き合《あ》って前《まえ》を向《む》くことができたんです。王子《おうじ》がいなきゃ……、わたしはきっと」

嘘《うそ》をついてパパの手《て》を離《はな》してしまっていただろう。

あの時《とき》、王子《おうじ》が止《と》めてくれて、わたしの話《はなし》を聞《き》いてくれたからこそ、今笑《いまわら》っていられるのだ。

「だから、王子《おうじ》がおばあさんを助《たす》けようとしたのは、わたしのおかげとかじゃないんです。王子《おうじ》は、とっくに優《やさ》しい王子《おうじ》になっていて。いえ、本当《ほんとう》は元々優《もともとやさ》しい人《ひと》だったんです、ただちょっとぶっきらぼうで、つっけんどんで、嫌《いや》な感《かん》じに見《み》えちゃうし、口《くち》も悪《わる》くて。でも本当《ほんとう》はそれって照《て》れ隠《かく》しの時《とき》もあって」

「知《し》ってる！　ちゃーんと見《み》てたわ！　王子《おうじ》がカノンさんのことを思《おも》って悩《なや》んで考《かんが》えていた姿《すがた》。実《じつ》はその頃《ころ》にはもう次期王《じきおう》として合格《ごうかく》だと思《おも》ってたんだけど、テストしてみようかな、なんて。悪《わる》ふざけがすぎたわね、ごめんなさい」

ペロリと舌《した》を出《だ》したマーリンさんに王子《おうじ》がますますほっぺたを膨《ふく》らませた。

『明日《あした》の十七時《じゅうしちじ》、直接《ちょくせつ》わたしの誕生会《たんじょうかい》にご招待《しょうたい》するわ。あ、一足先《ひとあしさき》にあなたの執事《しつじ》を連《つ》れて帰《かえ》るわね。ちょっともう魔法界《まほうかい》の体《からだ》も限界《げんかい》そうで可哀《かわい》そうだから』

フィリップさんの体《からだ》のことを知《し》らなかった王子《おうじ》も、知《し》っていたわたしですらも青《あお》ざめた。

フィリップさんの限界《げんかい》に間《ま》に合《あ》ってよかったとつくづく思《おも》ったけれど。

家《いえ》に帰《かえ》った時《とき》、ニャ太郎《たろう》はすっかり元《もと》のニャ太郎《たろう》で、それきりフィ太郎《たろう》さんになることはなかった。

フィリップさんに、さよならも言《い》えなかったのがさびしい。

その夜《よる》、あわてて買《か》い足《た》した赤《あか》い毛糸《けいと》で、フィリップさんにマフラーを編《あ》んだ。

明日《あした》さようならをする王子《おうじ》にも、半分出来上《はんぶんできあ》がっていたマフラーを改造《かいぞう》し、人間《にんげん》サイズに編《あ》み直《なお》す。

がんばって徹夜《てつや》して、パパのよりも先《さき》に編《あ》み上《あ》げた。

日曜日《にちようび》、休日出勤《きゅうじつしゅっきん》のパパを見送《みおく》ってから、等身大魔法《とうしんだいまほう》をかけた王子《おうじ》に手渡《てわた》した。

「どう使《つか》うのだ？」

「こうして、ね？」

背伸《せの》びをして王子《おうじ》の首《くび》にマフラーを巻《ま》いた。

「なかなか、よいではないか」

うれしそうに微笑《ほほえ》んで、マフラーに顔《かお》をうずめる。

「フィリップさんにも渡《わた》してね」

「ああ、アイツのことだ。涙《なみだ》を流《なが》してよろこぶであろう」

「またいつでも遊《あそ》びに来《き》てくださいって伝《つた》えてね」

ああ、と苦笑《にがわら》いする王子《おうじ》。

きっとそんな日《ひ》は来《こ》ないとわかっているのだろう。

「ねえ、昨日《きのう》買《か》えなかったマーリンさんへの誕生日《たんじょうび》プレゼントを買《か》いに行《い》こうよ、王子《おうじ》」

「それなんだが……カノン、オレにケーキの作《つく》り方《かた》を教《おし》えてくれ」

「え？」

前《まえ》におやつにケーキを焼《や》いて、誕生日《たんじょうび》の時《とき》はこういうのを食《た》べるんだよ、と王子《おうじ》に教《おし》えたことがある。

それを覚《おぼ》えてくれていたんだ。

「たくさん、作《つく》りたいのだ。マーリンの誕生日《たんじょうび》だし、魔女《まじょ》たちの分《ぶん》や、父上母上《ちちうえははうえ》、ニコにフィリップのも。城《しろ》の者《もの》たちや、それに……オマエにも」

「わたしにも……？」

「そうだ、世話《せわ》になったのでな」

うっ、マズイ。

クルリと王子《おうじ》に背《せ》を向《む》けて落《お》っこちてきそうな涙《なみだ》をゴシゴシぬぐった。

「どうした、カノン？」

「ううん、なんでもないよ。そうだ、カップケーキにしよう？　切《き》り分《わ》けなくてもいいし、たくさん作《つく》れるし」

「美味《おい》しいのか？　カップケーキとやらは」

「あたりまえ、ママレシピ一番《いちばん》のオススメ品《ひん》だよ」

キッチンに並《なら》んで王子《おうじ》に、カップケーキの作《つく》り方《かた》を教《おし》えてあげた。

だいぶ手伝《てつだ》ってあげたけれど、顔中粉《かおじゅうこな》とクリームだらけにして王子《おうじ》もがんばった。

「カノンには、これをやろう」

たくさん並《なら》んだカップケーキの中《なか》、一番上手《いちばんじょうず》にできたのを選《えら》んで皿《さら》に置《お》いてくれた。

食《た》べないでとっておきたいけれど、王子《おうじ》が近《ちか》くでわたしが食《た》べるのをワクワクして待《ま》っているのがわかる。

残念《ざんねん》だけど、食《た》べなくちゃ。

一口《ひとくち》食《た》べるとふわりと口《くち》の中《なか》いっぱい広《ひろ》がる甘《あま》さ。

うん、大成功《だいせいこう》だ！

「めちゃくちゃ美味《びみ》だよ、王子《おうじ》」

「そうか、ならばよかった」

美味《おい》しくて……、涙《なみだ》が出《で》てきそうで困《こま》る。

涙《なみだ》をこらえて黙《だま》ってしまったわたしに王子《おうじ》が首《くび》をかしげた。

「カノン？」

「本当《ほんとう》に帰《かえ》っちゃうの？　王子《おうじ》」

こんなにずっと毎日一緒《まいにちいっしょ》にいたのに……。

本当《ほんとう》にいなくなっちゃうっていうの？

「なんだ？　さびしいのか、カノン？」

「んなわけないでしょ、王子《おうじ》がいなくなってせいせいするってば」

さびしさをごまかすように、ベエッと舌《した》を出《だ》したわたしに、王子《おうじ》が苦笑《にがわら》いをして、

「オレはさびしいがな」

「へ？」

「明日《あした》からカノンの作《つく》る食事《しょくじ》が食《た》べられなくなるのだ。それと学校《がっこう》？　オレもカノンやリホと共《とも》にミスター阿部《あべ》の授業《じゅぎょう》を受《う》けたり、制服《せいふく》を着《き》て通《かよ》ってみたかった。オマエと同《おな》じ大《おお》きさで並《なら》んで歩《ある》いて……。きっと楽《たの》しいだろうな」

制服《せいふく》作《つく》ってあげようか、って言《い》ったら嫌《いや》がってたくせに。

あれ？　なんだろう、王子《おうじ》の姿《すがた》がどんどんボヤけていく。

なに、これ……。

胸《むね》が苦《くる》しくて、痛《いた》くて……。

「マーリンからの指令《しれい》が『人《ひと》を想《おも》う心《こころ》』だった。カノンに会《あ》って、家族《かぞく》や自分《じぶん》のことを思《おも》ってくれる周《まわ》りの者《もの》の、気持《きも》ちに気《き》づくことができた。オレが家族《かぞく》や周《まわ》りの者《もの》のことを思《おも》

えること、困《こま》っている者《もの》に手《て》を貸《か》せる自分《じぶん》がいたこと。それから……」

じっとわたしの目《め》を見《み》つめて何《なに》かを言《い》いかけてから「なんでもない」と首《くび》を振《ふ》った。

「とにかく、オマエと出会《であ》えて知《し》ることができた気持《きも》ちがたくさんある。気付《きづ》かせてくれたのは、カノンだ。礼《れい》を……、いや、こういう時《とき》は、そうだ。その、あ、あ、あ……ありがとう、だな」

たどたどしいお礼《れい》の言葉《ことば》に、泣《な》き笑《わら》いすると。

等身大《とうしんだい》の王子《おうじ》は、わたしを一度《いちど》抱《だ》きしめてから、初《はじ》めて出会《であ》った時《とき》と同《おな》じフィギュアに戻《もど》る。

王子《おうじ》をそっと両手《りょうて》にのせて、目《め》の前《まえ》で紫《むらさき》の目《め》を見《み》つめた。

ねえ、王子《おうじ》、本当《ほんとう》にもう会《あ》えなくなっちゃうの？

「また、遊《あそ》びに来《く》れば？」

「残念《ざんねん》ながら、もう来《こ》られぬ」

「本当《ほんとう》にわたしのこと、忘《わす》れちゃうの？」

「オレは忘《わす》れはせぬ。忘《わす》れるのは、カノン、オマエの方《ほう》だ。最初《さいしょ》に言《い》ったであろう？　魔《ま》法界《ほうかい》に戻《もど》れば、オレのいた証《あかし》は全《すべ》て消《き》えてしまうと」

「一個《いっこ》くらい、忘《わす》れ物《もの》していってよ、そうしたら思《おも》い出《だ》すし」

それはできぬと苦笑《にがわら》いして首《くび》を振《ふ》る王子《おうじ》にわたしも首《くび》を振《ふ》った。

王子《おうじ》のこと忘《わす》れちゃうなんて、そんなの絶対《ぜったい》イヤだ。

生意気《なまいき》で口《くち》が悪《わる》くて、だけど本当《ほんとう》は優《やさ》しい。

こんなにいっぱい王子《おうじ》のことを知《し》ってしまったのに、全部《ぜんぶ》なかったことにされちゃうなんて。

わたしばっかり、忘《わす》れちゃうの？

出会《であ》えたことも、王子《おうじ》の目《め》も、温《ぬく》もりも、フィ太郎《たろう》さんのことも、あなたに関係《かんけい》する全部《ぜんぶ》を？

「泣《な》くな、カノン」

わたしのほっぺたにあたる小《ちい》さな手《て》が、必死《ひっし》に涙《なみだ》を拭《ふ》いてくれている。

「……、王子《おうじ》に会《あ》えてよかったけど、よくない」

「オレもだ、最初《さいしょ》に出会《であ》った人間《にんげん》がカノンでよかったけど、よくない」

だってもう二度《にど》と会《あ》えなくなるのなら、最初《さいしょ》から出会《であ》わなければ良《よ》かった、なんて考《かんが》えてしまうんだもん。

それでもやっぱり、あなたに出会《であ》えてよかった。

紫色《むらさきいろ》の目《め》が優《やさ》しく細《ほそ》くなって、わたしを見上《みあ》げている。

きっと二人《ふたり》とも同《おな》じ気持《きも》ちだね。

「王子《おうじ》のこと、大好《だいす》きだよ」

忘《わす》れないでね？

わたしの初恋《はつこい》は、王子《おうじ》だよ。

ジュノくんじゃなくて、王子《おうじ》なんだから。

静《しず》かに、吹《ふ》き飛《と》ばしてしまわないように、息《いき》を止《と》めて王子《おうじ》に唇《くちびる》を近《ちか》づけた。

「忘《わす》れるわけないだろ、永遠《えいえん》に」

目《め》を閉《と》じたわたしの唇《くちびる》になにかがあたった。

ゆっくりと目《め》を開《ひら》いたら、からっぽの両手《りょうて》が目《め》の前《まえ》にあって、わたしは泣《な》いていた。

なんだかとっても悲《かな》しいことがあったような？

大事《だいじ》な何《なに》かを忘《わす》れている気《き》がする。
見回《みまわ》した部屋《へや》の中《なか》、ベッドの横《よこ》にあるドールハウス。
クローゼットの中《なか》にあったはずなのに、いつ出《だ》したんだっけ？
ホコリもかぶっておらず、ピカピカで。
中《なか》を開《あ》けたら、ベッドにわたしの新品《しんぴん》タオルハンカチが布団《ふとん》のように置《お》かれていた。
「……、なんだっけなあ、なんだっけ？」
思《おも》い出《だ》そうとしても、浮《う》かんでこない。
部屋中《へやじゅう》に貼《は》ってあるジュノくんのポスターを見渡《みわた》して、急《きゅう》に涙《なみだ》が止《と》まらなくなった。
心《こころ》の中《なか》にポッカリ穴《あな》があいたみたいで、悲《かな》しくて仕方《しかた》ない。
大切《たいせつ》な何《なに》かがわたしの中《なか》で消《き》えてしまった、そんな気《き》がする。

12 謎《なぞ》の転《てん》校《こう》生《せい》現《あらわ》る

「おっはよ、カノン！　って、どうした？　目《め》がパンパンなんだけど」

「う、まだ腫《は》れてる？」

「腫《は》れてるよ、泣《な》いたの？」

「泣《な》いた、泣《な》いた。よくわかんないけど」

「え？　パパさんとケンカしたとか？」

「してないよ、パパには『リホちゃんとケンカでもしたのか』って言《い》われた」

リホは、プッと吹《ふ》き出《だ》した。

「で、泣《な》いた理由《りゆう》は？」

「それがさ、本当《ほんとう》にわかんないんだけどね」

「うん」

ジュノくんのポスターを見《み》るとなんだかとっても悲《かな》しくなってくること。

大好《だいす》きなのに、悲《かな》しい、そんな気《き》になってしまうこと。

「それってガチ恋《こい》じゃん⁉」

「ガチ恋《こい》？　わたしが、ジュノくんに？」

「そう！　そんな感《かん》じじゃない？」

う～ん？　と首《くび》をひねったら、リホがわたしの手《て》のひらに何《なに》かをのせてくれた。

「元気《げんき》だせ、カノン！　本物《ほんもの》のジュノくんは手《て》に入《はい》らないけど、これでガマンして」

リホがくれたものは――。

「ほら、再販《さいはん》されたんだよ、『寝顔《ねがお》フィギュア』！　昨日《きのう》、発見《はっけん》して五回《ごかい》やったらやっとサトルン出《で》たんだけどね、ジュノくんも出《で》たからカノンにプレゼント！　阿部先生《あべせんせい》に取《と》り上《あ》げられる前《まえ》に、とっととかくしてよ」

黒《くろ》い王子様《おうじさま》スタイルの五頭身《ごとうしん》ジュノくん。

キスするみたいに目《め》をつぶった顔《かお》を見《み》ていたら――。

「う？　え？　カノン？」

「やだ、なんでだろ？　なんか、あれ……？」

ボタボタッとフィギュアに涙《なみだ》が落《お》ちてしまった。

このフィギュア、じゃない。

わたしが持《も》っていたのは、王冠《おうかん》をかぶっていて。

紫色《むらさきいろ》の目《め》でわたしをにらんでいるフィギュアだった。

ジュノくんに似《に》てるけど、ジュノくんじゃない、あれは……。

何《なに》かを思《おも》い出《だ》しそうだったのに、

「こら！　まーた、くだらないもの学校《がっこう》に持《も》ってきて！　なにやってんだ、おまえらは」

わたしの手《て》のひらから取《と》り上《あ》げられてしまうジュノくんフィギュア。

見上《みあ》げたら阿部先生《あべせんせい》があきれた顔《かお》をしてわたしとリホを見下《みお》ろしていた。

「学校外《がっこうがい》なら、よし！　だが、教室《きょうしつ》に持《も》ち込《こ》むんじゃないぞ。はい、一年《いちねん》の終《お》わりまで没《ぼっ》収《しゅう》な」

「う、また——!?」

「いいから、香田《こうだ》は席《せき》に戻《もど》れ。皆《みんな》も席《せき》につくように！　転校生《てんこうせい》を紹介《しょうかい》するぞ！」

転校生《てんこうせい》？　こんな学期《がっき》の途中《とちゅう》に？

ざわついていた教室《きょうしつ》が新《あたら》しいクラスメイトを出迎《でむか》えようと静《しず》かになる。

「入《はい》っておいで。黒須《くろす》くん」

真新《まあたら》しい、うちの中学《ちゅうがく》のブレザー姿《すがた》の男《おとこ》の子《こ》が教室《きょうしつ》に入《はい》ってきた。

黒板《こくばん》に書《か》かれた彼《かれ》の名前《なまえ》は『黒須《くろす》ルカ』。

「幼《おさな》い頃《ころ》は日本《にっぽん》に住《す》んでいて、その後長《あとなが》いこと外国《がいこく》にいたそうだ。日本《にっぽん》のことは、言葉以《ことばい》外《がい》あまりよく覚《おぼ》えていないとのことなので教《おし》えてあげてほしい」

かっこいい、ジュノくんに似《に》てない？

あちこちで女《おんな》の子《こ》たちが、ざわめきだす。

リホが振《ふ》り向《む》いて口《くち》をパクパクしてわたしに何《なに》か言《い》おうとしている。

生意気《なまいき》そうな紫色《むらさきいろ》の瞳《ひとみ》。

知《し》ってる、わたし……、知《し》ってるの。

『オレを完全《かんぜん》に怒《おこ》らせたな？　覚悟《かくご》しろ、女《おんな》！　オマエなどいっそほろびてしまえばいい！』

最初出会《さいしょであ》った時《とき》はすごくエラそうでさ。

『大変《たいへん》、美味《びみ》であった』

いつもわたしの作《つく》ったものを美味《おい》しいと平《たい》らげて、おかわりまでしてくれる。

『カノンにそっくりな娘《むすめ》が現《あらわ》れたとしても、間違《まちが》えたりしない。オマエは一人《ひとり》しかいないからな』

ねえ、あれはどういう意味《いみ》だったの？

『忘《わす》れるわけないだろ、永遠《えいえん》に』

ズルイよ、もう二度《にど》と会《あ》えないって言《い》ったじゃない⁉

なによ、なんでなの？

「黒須《くろす》ルカです。よろしくお願《ねが》いします」

紫色《むらさきいろ》の目《め》がいたずらっこのように細《ほそ》くなり、わたしを見《み》て笑《わら》っている。

「桜井花音《さくらいかのん》の幼《おさな》なじみだそうだ。じゃあ席《せき》は、桜井《さくらい》の隣《となり》でいいな」

え？

うらやましそうな女《おんな》の子《こ》たちの視線《しせん》が一斉《いっせい》にわたしの方《ほう》を向《む》く。

先生《せんせい》に言《い》われた通《とお》り、彼《かれ》はわたしの隣《となり》の席《せき》に腰《こし》かけて、

「ただいま、カノン」

と微笑《ほほえ》んだ。

その瞬間《しゅんかん》、教室中《きょうしつじゅう》の時間《じかん》が止《と》まってしまったように思《おも》えた。

現《げん》に先生《せんせい》は黒板消《こくばんけ》しを握《にぎ》ったまま、リホも目《め》を丸《まる》くしたまま、皆固《みんなかた》まってしまっているのだ。

「気《き》にするな、時間《じかん》を止《と》めただけだ」

「……王子《おうじ》のしわざ？」

「オレ以外《いがい》、誰《だれ》のしわざだと思《おも》う？」

エラそうな口《くち》ぶり、自信満々《じしんまんまん》な態度《たいど》、間違《まちが》いない、ルカ王子《おうじ》だ。

なんで？　どうして？

なんで王子《おうじ》が教室《きょうしつ》にいるわけ？

全《すべ》て思《おも》い出《だ》した！　昨日《きのう》さよならしたはずの人《ひと》。

もう二度《にど》と会《あ》えないと思《おも》っていたのに。

「なんで？」

わけがわからないと首《くび》を振《ふ》ったわたしに、王子《おうじ》は困《こま》ったようにむずかしい顔《かお》をした。

「仕方《しかた》ないだろ」

「なにが」

「オマエが婚約《こんやく》の印《しるし》をねだったりなんかするから」

「はい⁉」

コンヤクのシルシ？

「……、別《わか》れの際《さい》の、その……、唇《くちびる》があたった……」

怒《おこ》ったようにますます小《ちい》さな声《こえ》になる王子《おうじ》に、別《わか》れ際《ぎわ》を思《おも》い出《だ》す。

……、あれってもしかして。

「キ、」

「言《い》うな、はずかしい」

真《ま》っ赤《か》になった王子《おうじ》にわたしも赤《あか》くなる。

「とにかくあの行為《こうい》は、婚約《こんやく》の印《しるし》となるのだ。本当《ほんとう》に結婚《けっこん》するまでは、婚約者同士《こんやくしゃどうし》は側《そば》にいておそい来《く》る試練《しれん》に立《た》ち向《む》かい乗《の》り越《こ》えていかねばならぬ」

「……ん？　どういうこと？」

「それが王位継承者《おういけいしょうしゃ》に課《か》せられた責務《せきむ》である。……、ということだ」

どういうこと――⁉

言《い》いかけたわたしに、静《しず》かにしろ、と人差《ひとさ》し指《ゆび》を立《た》てた王子《おうじ》がニヤリと笑《わら》った。

王子《おうじ》がパチンと指《ゆび》を鳴《な》らす一瞬前《いっしゅんまえ》にかがみ込《こ》む。

すばやくわたしの唇《くちびる》をかすめた王子《おうじ》の温《ぬく》もり。

え？　ええっ、今《いま》のって、ねえ⁉

真《ま》っ赤《か》になっているわたしに周《まわ》りは気《き》づくことなく、時間《じかん》が流《なが》れ出《だ》す。

「それと新《あたら》しい副担任《ふくたんにん》を紹介《しょうかい》する。今日《きょう》、着任《ちゃくにん》したフィリップ先生《せんせい》だ。英語《えいご》を担当《たんとう》してくれる」

「フィッ‼」

自分《じぶん》の口《くち》をあわてて、手《て》でふさぐ。

銀色《ぎんいろ》の長髪《ちょうはつ》、赤《あか》い瞳《ひとみ》、赤《あか》いマフラーを身《み》につけたイケメン外国人《がいこくじん》が一瞬《いっしゅん》、わたしにウィンクをした。

「……、あとで、ゆっくり聞《き》かせてよね」

「わかっておる」

もう消《き》えることのない温《ぬく》もりが、誰《だれ》にも見《み》つからぬようにわたしの手《て》を握《にぎ》る。

紫色《むらさきいろ》の目《め》が、細《ほそ》く笑《わら》っていた。

おわり

Afterword あとがき

みなさん、はじめまして! 東《あずま》 里《り》胡《こ》と申《もう》します。
このたびは「訳《わけ》ありイケメンと同《どう》居《きょ》中《ちゅう》です!!」を
読《よ》んでくれて本《ほん》当《とう》にありがとうございました。
突《とつ》然《ぜん》ですが、みなさんには好《す》きなものってありますか?
わたしは、小《ちい》さいころから本《ほん》を読《よ》むのが大《だい》好《す》きでした。
一《いち》日《にち》中《じゅう》読《よ》んでていいよと言《い》われたら、
本《ほん》当《とう》にそうしちゃうくらいの子《こ》だったんです。
その中《なか》でも、魔《ま》法《ほう》やお姫《ひめ》さまが出《で》てくるお話《はなし》が好《す》きで、
いつか私《わたし》もこんなお話《はなし》を書《か》けたらなあと思《おも》っていました。
大人《おとな》になった今《いま》、その夢《ゆめ》をかなえることができ、
みなさんに読《よ》んでもらえるなんて、とっても幸《しあわ》せです。
今《こん》回《かい》、色《いろ》んな登《とう》場《じょう》人《じん》物《ぶつ》の中《なか》で、
わたしはみんなに振《ふ》り回《まわ》されているフィリップさんが
かわいくて一《いち》番《ばん》好《す》きなんですが、
みなさんはどうでしたか?
誰《だれ》が好《す》きだったよ、
ここが楽《たの》しかったよって、
教《おし》えてくれたら、
とってもとってもうれしいです。
この本《ほん》を読《よ》んで
クスリと笑《わら》ってくれた方《かた》が
いることを願《ねが》っております。

東《あずま》 里《り》胡《こ》さんへのお手《て》紙《がみ》はこちらへ送《おく》ってください♡
〒101-8001 東《とう》京《きょう》都《と》千《ち》代《よ》田《だ》区《く》一《ひと》ッ橋《ばし》2-3-1
小《しょう》学《がく》館《かん》ジュニア文《ぶん》庫《こ》編《へん》集《しゅう》部《ぶ》　東《あずま》 里《り》胡《こ》さん係《がかり》

Shogakukan Junior Bunko

★小学館ジュニア文庫★
訳ありイケメンと同居中です!!
推し活女子、俺様王子を拾う

2024年 10月 2 日　初版第 1 刷発行

著者／東 里胡
イラスト／八神千歳

発行人／井上拓生
編集人／今村愛子
編集／伊藤 澄

発行所／株式会社　小学館
〒101-8001　東京都千代田区一ツ橋２－３－１
電話／編集　03-3230-5105
販売　03-5281-3555

印刷・製本／加藤製版印刷株式会社

デザイン／前田麻依（ベイブリッジ・スタジオ）

Printed in Japan　ISBN 978-4-09-231493-1